大家族四男 11
兎田士郎の
わくわく職業体験

日向唯稀

この作品はフィクションです。
実在の人物・団体・事件などに
一切関係ありません。

大家族四男 11
兎田士郎の
わくわく職業体験

contents

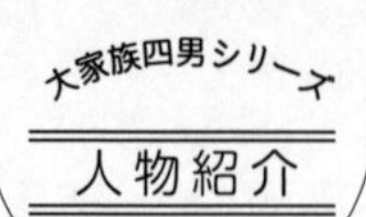

兎田士郎（とだしろう）
本書の主人公
10歳　小学四年生　家族で唯一の眼鏡男子
希望ヶ丘町で有名な美形ぞろい大家族兎田家の
七人兄弟の四男
超記憶症候群と思われる記憶力の持ち主

兎田寧（とだひとし）
20歳　兎田家長男
製粉会社営業マン

兎田双葉（とだふたば）
17歳　兎田家次男
高校二年生
生徒会副会長

兎田充功（とだみつぐ）
13歳　兎田家三男
中学二年生

兎田樹季（とだいつき）
7歳　兎田家五男
小学二年生

兎田武蔵（とだむさし）
4歳　兎田家六男
幼稚園の年中さん

兎田七生（とだななお）
1歳後半
兎田家七男

兎田颯太郎（とだそうたろう）
39歳　士郎の父
士郎の母・蘭は他界している
大人気アニメ『にゃんにゃんエンジェルズ』の
シナリオ作家

エリザベス
隣の老夫婦が飼っている犬
セントバーナード　5歳　実はオス

吉原 繚（よしわら りょう）
都心に住む中学一年　栄志義塾特待生の一人で IT に
強い天才児　士郎が拾ったサバトラの子猫にシロウという
名前をつけて飼っている

大家族四男 11
兎田士郎のわくわく職業体験

1

都下のベッドタウン——夏の週末。

「どんどん、かっか！　どどどん、かっ！　どんどん、かっか！　どどどん、かっ！」

「そうそう。武蔵（むさし）、その調子」

「どんどん、かっか！　どどどん、かっ！」

「むっちゃ！　わっちょよ～っ」

朝から祭り囃子（ばやし）が聞こえてくる。

それに合わせて、兎田（とだ）家のちびっ子たちがリズムを取っていた。

この土日は、年に一度の希望ヶ丘町内祭。旧町と新町と呼ばれる二区域の住民が一緒になり、昔から続く祭りを楽しむ、年内行事の中でも規模の大きいイベントだ。

土曜の本日は大人神輿（みこし）、子供神輿、山車（だし）が引かれて四区に分けた町内をゆっくりと廻っていく。

そして、メイン会場となるグラウンドのある第一公園では、今年の町内会役員や青年団、子供会や老人会などといった組織に属する人たちがゲームや飲食コーナーを出店。

また、敷地の中央に組まれた櫓(やぐら)に明かりが灯る頃には、盆踊り大会が開催される。

そして、公園内で行われるイベントに関しては、明日も開催予定だ。

スタッフとして働く大人たちには、なかなかの重労働だが、それでも地元の伝統行事の一つとして、しっかり受け継がれている。

生まれ育った実家を離れていったような世代も、帰省をするならこの日と決めている者が多く、会場内やその周辺では、立ち話レベルから大規模な同窓会までが無数に開かれるらしい。

中には、義務教育を終えたところで、普段はなかなか会えなくなってしまった高校生や大学生世代もいるようだ。

隣人の顔と名前もわからないことが特に珍しくなくなった今の時代からすると、なかなか稀少な地域かもしれない。

とはいえ、こうした祭りへの参加はついでで、実は本命が別にある。

必ず一家総出で参加するのがわかっている地元の有名人・希望ヶ丘のキラキラ大家族と呼ばれる美男親子、兎田家との交流が目当てという者が、年々増えているのは隠しきれない事実だった。

しかし、そうした世間の参加理由は、さておいて――。

＊＊＊

「ごめんね。出かける準備があるから、余計にごったがえしてるんだけど。それより、その手首に装着してるのが、ニャンニャン翻訳機？」

そう言って都心から遊びに来たちょっと派手な友人・吉原繚（よしわらりょう）を、一階のリビングに案内したのは、兎田家の四男・士郎（しろう）。この界隈では「神童」と呼ばれる小学四年生で、家族の中で唯一のメガネ男子だ。

その実力は有名進学塾主催の全国模試で小学生高学年部門堂々の一位。

さらには、変に騒がれるのが面倒くさいので世間には明かしていないが、専門機関で調べてもらえば、おそらくは「超記憶症候群」とされるだろう特殊な記憶力の持ち主だ。

しかも、士郎の場合は、見た物聞いた物を録画するように覚えてしまうだけでなく、これを脳内で整理整頓できる。

そこへ、キーワードを与えて検索をかければ、記憶にある限りは思い出せるという、生きるパーソナルコンピュータだ。

ただし、これは最近になって気がついたことだが、どんなに見聞きをしていても、それは士郎自身の興味の有無によって偏（かたよ）りが出る。

なんなら、意図的に無関心なものからは目も耳もそらしているので、そうした種類のデータは記憶にも残りようがない。

　このあたりは、ある意味年相応（としそうおう）。どれほど能力を秘め、賛美されることがあっても、勝手気ままな十歳児だ。

　こうなると、本人にも自覚があるが、過去の記憶の中で最も容量を取っているのが最愛の家族のことだろう。

　特に、今もすぐ側でお囃子に合わせて太鼓や神輿のかけ声の練習をしている弟たちの分だ。

「いいよいいよ～。上手い、上手い」

　美少女と間違われるほど可愛い、五男で小学二年生の樹季（いつき）。

「どんどん、かっか！　どどどん、かっ！　どんどん、かっか！　どどどん、かっ！」

　母親似の男前で正義感が強い、六男で幼稚園年中の武蔵。

「わっちょ！　わっちょ！」

　誰もが親兄弟のいいところ取りを認める、今が旬のおむつ尻が愛くるしい、七男で一歳半ばも過ぎた七生（ななお）。

「バウバウ～♪」

　そして、六男誕生の前に隣家へやってきた、兄弟同然のセントバーナードの♂（オス）で五歳のエリザベス。優しくて賢い子守犬にして、士郎のよき理解者だ。

これは普段の在宅時間差にもよるが、何にしても士郎が率先して可愛がり、子守をしてきたことから記憶量が豊富なのだ。

ただ、士郎がこうした能力の持ち主だからと言うわけではないが、遊びに来た繚もなかなかの実力者でくせ者だ。

頭髪は赤のメッシュ入り、左右の耳には複数個のピアスと、出で立ちはド派手な少年だ。

しかし、士郎が知っているだけでも、全国模試では中学生の部で一年生ながらに一位。

そして、この模試を全国の私立・公立の幼稚園から小中高に提供している国内屈指の進学塾・栄志義塾が主催している特待制度で、学費から生活費までフル援助の奨学生に選出されているトップ集団の一員だ。

自ら「将来の夢はホワイトハッカー」と語り、日夜、自習代わりに栄志義塾のマザーコンピュータに勝手に出入りしているような大人顔負けの天才児にして、努力も怠らない秀才児だ。

今も、リビングソファで隣に座る士郎に話しかけられて、意気揚々と翻訳機の着いた左手首を差し出してきた。

「ああ。まだまだ試作段階だけどな。スマートフォンにも無線で繋げているから、けっこうな距離まで反応を拾えるはずなんだ。そこはまだ試してないけど」

一見おもちゃの時計かゲーム画面にも見えそうな物だが、これは市販のペット玩具(がんぐ)を改造した愛猫専用の鳴き声翻訳機。

片道一時間はかかる距離を物ともせずに、都心からケージ持参でやってきた獠が、士郎の作ったエリザベス用のワンワン翻訳機に影響を受けて自作した物だ。

ハーネスとリードを付けた姿で膝に乗せていたサバトラの子猫が、瞳をくりっとさせて「みゃあ」と鳴くと、

〝楽しいニャン！〟

首輪に付けられた受信機を介して、士郎が見せてもらった画面には、早速翻訳が表れる。

そもそもハッカーを目指しているような獠が作った改造物だ。とても性能がよさそうだ。

士郎はその場で目を輝かせた。

かけていた眼鏡のブリッジを指でクイッと押さえても、これは好奇心をかき立てられた現れで、決して理不尽な絡みを受けて、その腹立たしさから自然と出る癖ではない。

「シロウはここが好きみたいだな。まあ、実際実家みたいなものだし——。きっと、この家の心地よさを覚えてるんだろうな」

「そうだといいね」

ただし、飼い猫に友人の名前をつける獠のセンスはどうかと思うが——。

もともとこのサバトラは、以前士郎が大雨の日に裏山で保護した子猫たちの一匹で、獠

は里親の一人だ。

愛情をもって、しっかり育ててくれているので、この程度のことで腹は立たない。

――が、やはり照れくさいのは確かだ。

などと思っていると、シロウが繚の手を抜けだし、士郎の膝の上へ乗ってくる。

好奇心いっぱいの目をして士郎の顔を見上げ、そこからチラリと横を向く。

「ひっちゃ～っ。なっちゃ、いい？」

ちょうどソファの後ろでキャッキャしていた七生たちが、ダイニングへ移動したところだった。

対面式のキッチンから続くテーブルには、先ほどエリザベスを連れてきた隣家の老夫婦が座っている。時間になったら、一緒に祭りへ出向く予定だからだ。

「うんうん。いいよ、七生。みんな可愛い。それにとってもカッコいいよ」

そうして嬉しそうに抱きつく七生を受け止めたのは、弟たちを溺愛するあまりに、今やブラコンの総本山となっている長男で、二十歳の社会人二年目の寧(ひとし)。

今日は朝から父親と一緒に、食事の支度や弟たちの着付けで大奮闘だ。

すでに一仕事終えた感がある。

「わーい。寧くんもカッコいいよ～」

「ありがとう」

「なんか、ひとちゃん。いつもより父ちゃんにそっくりだ！」

「え？　そう？　普段着よりも浴衣のほうが、より印象が近くなるのかもね」

今時、役員でもないのに、祭りに合わせて浴衣や甚平を着用するのは、このあたりでも珍しいほうだ。

しかし、兄弟間でお下がりもされてきた浴衣や甚平は、昨年の春に不慮の事故で他界した母親・蘭の手縫いで、今や貴重な形見だ。

そのため世間がどう見ようが、多少浮こうが、兎田家では誰一人気にしない。

むしろ今この瞬間も、母親との思い出や繋がりを、全員が楽しんでいるのがわかる。

その証拠に、

「いや、そもそも父さんと寧はピーナッツ親子だしな」

キッチンから話に加わってきたのは、思春期真っ盛りの三男で、中学二年生の充功。

「それを言うなら、俺たち全員グリンピース親子だろう。少なくとも世間からは、父さんの生きた思い出アルバムか、グラデーションにしか見えないって言われてるんだから」

次男で高校二年生の双葉。

世間的に見たら「家族そろって浴衣」という状況に、一番反発しそうな年頃の二人だが、なんら抵抗も見せていない。

それどころか、さらっと着こなし、着崩れもない。

同級生や親しい友人の中には、こうした二人に感化されて浴衣を着るようになった子たちもいる。

特に妄想でも彼らと浴衣デートを楽しみたい女子たちは、この日のために気合いを入れまくりだ。年々華やかな浴衣姿が増えていき、中には「こういうのも経済効果って言うのかしらね？」などと言って、盛り上がる奥さんたちもいるほどだ。

キッチンの奥で作業を続けるシナリオライターにしてアニメ原作などを手がける兎田家の家長・父親の颯太郎(そうたろう)もご満悦(まんえつ)だ。

相変わらずキラキラした笑みを浮かべて、老夫婦たちの笑顔をも誘う。

「は？　そしたら、俺はあと三年したら双葉みたいになるってことかよ。冗談！」

「不服だって言うのかよ」

「いや、俺のが絶対にカッコいいだろうと思って」

「そこは、多少の補正はないと辛そうだから、いいんじゃねぇ？」

「あ!?　なんだと～っ！」

しかも、些細(ささい)なことでもこうして小競り合う二人にとっては、浴衣がどうこうは気にするところではない。

常に互いの存在のほうが重要だというのが、誰の目にもわかる。

「なあ、士郎。双葉さんって、充功さんからルックスでマウントを取られてるのに、全く気にしないんだな。あれってやっぱり、同じ顔で何を言ってるんだってことか?」

それでも一人っ子で、しかも充功に近い年頃の繚からすると、こうした次男三男のやりとりが不思議に見えるのだろう。こっそり士郎に聞いてきた。

「偏差値が二十以上違ったら、見た目の方向性がちょっと違うぐらいは、どうってことないからじゃない？」

なので士郎は、かなり大雑把に答えてみた。

細かく分析していくと、最終的に「ただのコミュニケーションだよ」という答えにしかならないのだが――。

それでは会話として面白くないだろうと感じたからだ。

「え!?　二十以上？　もしかして双葉さんって、あの見た目で頭もいいとか言うのか？」

案の定、繚は食いついてきた。

士郎と交流をし始めて、まだ間もない彼にとっては、細やかなことでも相手に関わることを知るのは楽しいのだろう。

それは士郎自身にも覚えがある。

本人のことでも、その家族のことでも、新たに知ることで距離が近づいていくように感じるからだ。

「うん。昔から通知表はオール5とか10だよ。だから我が家で一番のスーパーマンって言うと双葉兄さんかな。ちなみに学校では生徒会長と副会長の常連」

「……それで、栄志義塾から特待生の話って、きたことはないのか？」

相手が繚だったからか、何の気なしに話したことが、栄志義塾に繋がった。

「そういえば、聞いたことがないな」

士郎は確認されたことで、初めて双葉と栄志義塾というワードで記憶検索をしてみる。

「いや――、あった」

今の今まで、この二つを紐付けしたことがなかった。

特に双葉自身から栄志義塾から話が来たというようなことも聞いていなかったので、思い出す以前に考えたこともなかったのだろう。

だが、士郎の記憶の中には、確かに存在していた。

「越してきた年――。双葉兄さんが小六のときに一度だけ。夏期講習に招待されたけど、本人の希望で断ったみたいなことを、母さんがお向かいの柚希ちゃんママに話していたのを聞いた。確か本人曰く、弟たちと勉強しているだけで、十分予習も復習もできるから必要ない、たとえ無料でも通うこと自体が面倒くさいし。そもそも往復にかかる時間で、弟たちをお風呂に入れられるとかなんとか……」

五年前だと充功がまだ小学三年生で、士郎が幼稚園の年中――樹季などまだ二歳だ。

七生どころか、武蔵もまだ生まれていない。

ただ、突き抜けて優秀な子供を青田買い（あおた）し、自社で援助することで、東大・京大等のSランク大学合格者を続出させ、塾生の有名大学進学率をアップさせることで、塾の宣伝に結びつけてきた栄志義塾だ。

言われてみれば、双葉にスカウトが来ていても、不思議はない。

それでも招待されたのは一度の夏期講習だけだった。

寮が受けている特待制度は、そこからさらに特別強化合宿への招待参加などを経てから、最終選考にかけられる。

ペーパーテストの結果がいいだけでは選ばれず、適性も考慮される。

こうなると、仮に双葉が優秀であっても、さらっと弟のお風呂がどうこうと口にしたようでは、選考で外されていただろう。

それは話を聞いて驚く寮の顔を見ても想像が付く。

栄志義塾が求めているのは、自身の成績アップにのみ邁進（まいしん）できる子供だ。

そして、そうした環境を与えてくれる栄志義塾とのギブアンドテイクを理解し、世間に通用する高成績を一定期間残し続ける。そうすることで、目に見える利益を生んでくれる子供なのだから――。

「塾に通う時間で、弟のお風呂か。まあ、この家族環境からしたら、そういう発想になるのか？　しかも、家庭内学習でそれだけ成績がよかったら、塾の必要性も感じないだろうし……。けど、だとしても、すごいな。士郎といい双葉さんといい」

ちなみに士郎は、この栄志義塾の特別強化合宿へ招待を受けて、参加したことがあった。

だが、何か胡散臭そうだと感じて、その日のうちに離脱している。

そしてこれがきっかけで、特待生である繚から興味をもたれて、一度は喧嘩を売られるようなこともあったが、結果としては今に至る。

付き合いに関しては、士郎が「サバトラの里親には、連絡用のアドレスを渡すよ」と言ったら、引き受けてくれたことから始まった。

ただし、それから毎日欠かすことなく、子猫の写真と一緒にデレデレな成長日記を送り続けられて、一ヶ月もした頃には士郎のほうがお手上げになった。

繚が送ってくる子猫の写真を、樹季たちが楽しみにするようになってしまい、無碍にできなくなったのもある。

いずれにしても、子猫が大事に育てられているのだけは見てわかるし、毎日メールのやりとりをするうちに、士郎も繚とのやりとりが日課になった。

気がつけば、こうして町内祭に誘うまでの距離感や関係ができあがっていたのだ。

「それを言ったら寧兄さんも十分すごいよ。本人の希望で高校を出て就職したけど、もともと僕たちの自習を見てくれたのは寧兄さんだし。多分、見るのが双葉兄さんまでだったら、相当いい成績をキープしていて、Sランク大学へ入れたと思う」

双葉の話をしたかと思えば、士郎はそのまま寧のことまでさらっと口にした。

「ただ、常に全員の面倒を見てくれるものだから、小中の勉強まですることになるでしょう。それで、自分の勉強は学校で必要な分しかしてなかったんだと思う」

自分でも珍しいことだと感じたが、獠がそれだけ士郎にとって、話がしやすい相手になっていたのだろう。

また、獠にとってもそれは同じようで――。

「もっとも、寧兄さんは推薦や学費無料の話があっても、日々の主食を社員割引で購入、家庭に安価安定供給することのほうが一番って考えの人だから。何が来ても断っていたとは思うけどね」

「……社員割引で安価安定供給。それで製粉会社に就職したのか。でも、西都製粉って言ったら大卒でも入るのが難しい大企業だからな。ぶっちゃけ社割が目当てで、高卒入社できるなら、大学の四年間がなくても目的は達成だもんな」

獠は、士郎の話が寧に飛んでも笑って聞いてくれた。

それどころか、家族のプロフィールはざっくりとしか説明したことがないのに、寧の勤め先のことまである程度把握し、その上で感心してくれている。

以前、充功にも言われたことがあるが、獠を相手に話をするときの士郎は、気負いや特別な気遣いを必要としない。

そこは潦も同じようで、どんなに話が難しくなろうが、脱線しようが、お互いに知識量や理解力が似ているので話が弾むのだ。

「うん。それに大卒に比べて基本給が低いのは仕方ないだろうけど、寧兄さんが言うには、そんなの我が家ほどの大家族で社員割引を利用し続けていたら、元が取れるって。というか、寧兄さんはそこしか見ていないから、そもそも自分が総合職で受かっていて、それも花形営業部に配属されていることには、まったく価値を見いだしていないんだけどね」

今もダイニングとキッチンを行き来しながら、笑顔で動く寧。

そんな兄を士郎がチラリと見つつ、困ったような顔をしても、すぐにその心情を理解してくれる。

「——は？　え？　高卒で大手企業の総合職？　それってしっかり出世街道に乗ってるってことだよな？」

「わかる人から見たら、そうだと思う。でも寧兄さんは、給与明細の見方がちょっと変わってて。社員割引でどれだけ得をしたかってところにしか着目していないから、実は最終学歴や年齢の割にお給料がいいんだって、気づいていないかもしれない。営業成績にしても、今どき部内の壁にグラフを張り出すなんてハラスメント的なことはしてないみたいだから、他人と比べることがない。イコール、わからないだろうし。そもそも自分と他を比べるってことをしない人だからね」

話が進むうちに、どんどん声が小さくなり、士郎は子猫をかまうふりをしながらため息を漏らした。

士郎自身は、寧が大好きで仕方がないが、それ故(ゆえ)にこうして心配になるときがあるからだ。

「よそはよそ、うちはうちに徹してるってことか」

「うん――。そうでないと、大家族ってだけでも、よそとは違いすぎるから。それに、よそと比べて感傷に浸ってる暇や余裕もないからね」

「なるほどね……。けど、そんなにすごいのに、家族は誰も寧さんに指摘するなり、誉めるなりしないのか？」

「すごいね！　って誉めるけど、世間と比べた基本給がどうとかは言わないかな。そうでなくても営業なんて数字に追われる業務だろうし。寧兄さんが今以上にプレッシャーを感じたり、お給料が高いならもっと責任を果たさなきゃって思考になったら、自ら社畜(しゃちく)まっしぐらになりかねない。場合によっては、会社を辞めちゃうかもしれないし。まだ弟たちが小さいのに、今以上の残業は無理だから、とかなんとか結論づけて」

それにしたって、いったいなんの話をしているんだ――と、士郎は自分でも思った。

普段ならこうした話は家族にしかしない。

どちらかと言えば、双葉や充功と話す内容だ。

「うっわ～っ。欲がないって言うか、欲の方向性が違うと、そういうことになるのか」

「あくまでも僕の想像だけどね。でも、進路指導で散々公務員を薦められたのに、何かが起こったときに、自分は国民より家族が大事なので無理ですって、言い切ったくらいだからね」

「自分の人生において、優先順位にまったくブレがないんだな。ってか、士郎はそういう寧さんがめちゃくちゃ好きだよな。自分のことではまったく自慢はしないのに、兄弟のことになると目の色が変わる」

ここで士郎はハッとした。

どうりで気分よく、つらつらと話してしまったはずだ。

士郎としては、若干天然がかった寧の価値観や思考が心配で――という気持ちを打ち明けているつもりだったが、聞きようによってはただの身内自慢だ。

そもそも「寧兄さんもすごいよ」から切り出しているのに、無自覚でここまで話してしまったことに驚く。

「あ、ごめんね。確かにちょっと話しすぎたよね」

士郎は子猫を抱きつつ、すぐに謝罪した。

すると、獠はなんてことないというように、へらっと笑う。

「いや、謝る必要はまったくないって。多分、俺でなくても、士郎がニコニコして話してるのを見て、嫌な気分になるやつはいないと思う。っていうか、兄弟そろったブラコンぶりがすごすぎて、嫉妬も湧かなければ、嫌味にも聞こえないって言うのが、正直なところだけどさ」

これはこれで誉められているのだろうが、士郎はさらに恥ずかしくなった。

ようは、兄の優秀自慢をされてもまったく気にならないくらい、浮かれて話す士郎のブラコンぶりのほうが可笑しかったということだからだ。

「……そう言ってもらえると助かるよ」

「それにしても、すげえよな。そもそも、地頭がいいんだろうな。士郎の兄弟というか家族は。充功さんにしても聞く限り、成績のことは置いといても、機転が利くというか、他人の心情を読むのに長けてる人だな～って思うし。それに……」

それでも、繚の感心ぶりは、他の兄弟たちにも向けられた。

寧、双葉、充功の姿を目で追ったあとには、樹季、武蔵、七生を追う。

すると、

「あ、そうだ武蔵。太鼓係で山車の上に乗るんだから、これを腰紐に付けとこう」

「何？　この袋」

「塩飴とはちみつ飴。前に士郎くんが、夏は喉も身体もカラカラになっちゃうからって、お出かけリュックに入れてくれてたでしょう。麦茶は一緒に乗ってる役員さんがくれるし、寧くんたちも持ってきてくれるから」

ちょうど樹季が飴の入った巾着袋を手にして、甚平の上に青い法被を羽織った武蔵の腰紐にくくりつけているところだった。

見れば、いつの間にか七生やエリザベスが咥えて持ってきたテディベア——体長六、七十センチはあるような茶色いクマの縫いぐるみまで、同じ格好をしている。

このあたりは、寧が気を利かせたのもあるのだろうが、ちびっ子たちは嬉しそうだ。

「なっちゃと、クマたんもよ～」

「本当だ！　おそろいの法被だ。いっちゃんも飴、ありがとう!!」

「うんうん。武蔵も七生も頑張るんだよ！」

「はーい！」

「あいちゃ!!」

心なしか七生に抱えられたテディベアまで嬉しそうに見えるが、これに関しては思い過ごしではない。

なぜなら、あれには自分も祭りに参加したくなった、この地の氏神が憑いている。

何を思ってか、武蔵が「俺が背負って一緒に山車に乗せてあげる」と言ったものだから、大喜び中なのだ。

しかし、そんなことは想像さえしないだろう獠の目には、クマはクマとしてしか見えていない。

「俺の記憶と認識だけで言うなら、弟の熱中症対策をする小学二年生の割合は、相当少ないと思う。しかも、こんなに言うことを聞くちびっ子はここでしか見たことがない。まあ、俺が見かけるちびっ子は行きずり程度で、買い物先で〝買って買って～〟ってやってる子ぐらいだけどさ」

むしろ、今ので樹季や武蔵たちの存在が際立って見えたのかもしれないが、双葉や寧が優秀だと聞かされたときより感心している。

「そう？　確かに樹季は面倒見がいいかもね。武蔵や七生も素直で可愛いし。けど、わがままを言うときもあるよ。大概は、甘えたくて絡んでくる感じだけど、それも含めて、まあ可愛い――、あ。また言っちゃった。ごめんね」

おかげで、今度は弟自慢が出そうになった。

先に自分で気づいて反省をするも、繚には「ぷっ！」と笑われるばかりだ。

「謝ることはないって言っただろう。その分俺は、こいつの自慢をさせてもらうだけだからさ。な～。シロウ！」

「みゃん」

そうして士郎の膝から子猫を抱くと、わざとらしく名前を呼んだ。

（いや。その名前で自慢されるのは、複雑なんだけど）

変な自慢返しで、からかってくる獠に、士郎はやり込められるしかない。

「それじゃあ、そろそろ行こうか。あ、これお昼代と露店のチケットだよ」

――と、ここでキッチンに立つ颯太郎が声をかけてきた。

手には寧が初任給で買ってくれたセントバーナード顔の紐付き財布があり、これをちびっ子たちに配っていく。

壁に掛かった時計を見ると十時近い。

そろそろ子供神輿や山車が出る時間だ。

「「はーい」」

「あいちゃ！」

はりきる武蔵と七生を、この場にいる全員で見守るために、外へ出る。

兎田家の八名に亀山家の老夫婦とエリザベス。そこへ、獠と抱っこされたサバトラのシロウが揃って移動開始だ。

まずは武蔵が山車に乗る予定の第三区までのんびり歩き、山車を下りる第四区までさらに付き添い歩いて、午前中のメインイベントが完了だ。

そこから先は、各自の予定で動くことになるが、士郎たちは第一公園へ移動し町内会の催し物や露店を楽しむことになる。

ただし、山車に乗るのはクマを背負った武蔵だけで、七生は充功に肩車をしてもらっての神輿ごっこだ。

ここから誰が一番大変かといえば、言うまでもなかったが――。

2

「むっちゃ・むっちゃね〜っ♪　らんら・らんら・ら〜ん♪　なっちゃ・なっちゃね〜♪　らんら・らんら・ら〜ん♪」

七生が機嫌良く歌う移動中、士郎は考えていた。

クマに憑依（ひょうい）した氏神と関わるまで、士郎は地元の神社には無関心だった。

考えるまでもなく子供神輿や山車の出発点は、黄金町と隣接している希望ヶ丘旧町の山車倉（やまぐら）だ。

希望ヶ丘以外の町内でも、山車倉は黄金町方面に集まっている。区域の中でも氏神を祀る神社にもっとも近いからだ。

（金神社（こがね）——なるほど。以前クマさんが、自分はこの辺り一帯の氏神だと言っていたけど、ようは黄金町や希望ヶ丘町を含むオレンジタウンの半分くらいが担当地域ってことだったんだ。でもって、そこに住んでいる町民は、無条件で氏子（うじこ）になるってことで）

（さようじゃ。そうはいっても、知らぬまま住んでる者たちも多いじゃろうけどな）

（うん。町内会に入れば、そういう説明も一応はされるけど、聞き流す人は多そうだよね。ましてや賃貸住宅なら、説明さえなさそうだし）

士郎は移動がてら、武蔵に背中合わせで背負われて、手足をぶらぶらさせているクマ——氏神の力により、念で会話をしていた。

聞けば、氏子総会というのもあり、この辺りでは各町内の地主たちが伝統的に引き受けているらしい。

希望ヶ丘町でいうなら、旧町に土地と大邸宅を持つ狸塚家になる。

地主と聞くと、先祖代々土地持ちでお金持ち（納税が大変）だな——程度にしか考えていなかったが、それにまつわる役割などもありそうだ。

昔ならともかく、相続などで土地を手放す家も多いだろうに、考えたこともなかった。

士郎は、興味の矛先によって、自分の無知は決まるのだなと、改めて思う。

世の中がどんなに情報社会になっても、ネットで大概のことが検索できても、きっとすべてを知ることはない。

人間、必要に迫られるか、関心が向くかしなければ、自ら見聞きしようと思わないことのほうが多いと、こんなところからも実感するからだ。

（真理じゃな）

（余計なところまで、心を読まないでください）

(ほっほっほっ)

それでも武蔵の背中で楽しそうにしているクマを見ていると、士郎の顔には自然と笑みが浮かんだ。

自分の前後では家族やお隣さんが笑い合い、隣にはシロウを抱えた獠が好奇心旺盛な目で周囲を見ており、それをまた頭上を舞う裏山のカラスが見下ろしている。

穏やかで優しい時間が流れているのがわかり、気分もこれに同調するしかないからだ。

「充功。山車って十時に出発だったよな?」

後方を歩いていた双葉が充功に話しかけた。

「ああ。子供神輿と山車は倉前から出発。大人神輿は神社から出発だったはず——。あ、出発したって」

答えている間にも、充功のスマートフォンにメールが届く。

出発地点にいる友人からのようだ。

「倉のほうから歓声が聞こえるね」

「太鼓の音も!」

寧が耳を澄ませ、樹季が嬉しそうに手を上げる。

「父ちゃん。俺、ドキドキしてきた〜。でも、熱を出した柚希ちゃんの代わりだから、頑張らないと!」

練習していた太鼓のリズムが聞こえてくる。

緊張してきたのか、武蔵が隣を歩く颯太郎の手を握った。

「そうだね。大丈夫。武蔵ならちゃんとできるから」

「うん！　クマさんも失敗しないように守ってね」

（おう！　吾がおるのじゃから、大船に乗った気でいるがよい！　いや、乗るのは山車じゃがな〜っ。ほっほっ）

「なっちゃもよ〜っ」

「ありがとう、七生！　クマさん」

颯太郎や七生たちに励まされて、いっそう目を輝かせる武蔵だったが、士郎はその様子に首を傾げる。

（やっぱり七生や武蔵には、クマさんの声――念が聞こえるんだろうか？）

そうこうしている間に、目的地である山車の第三区乗り換え場――自宅近くの大通りに面した歯科医院の駐車場へ着いた。

すでに武蔵と一緒に山車へ乗る子三名とその家族、また見学に出てきたご近所さんたちが和気藹々と立ち話をしている。

週末は休診日ということで、医院長が毎年この場を休憩所かつ山車の乗り換え区として提供してくれている。

各乗り換え場がこうした町民の好意で設けられており、樹季の同級生の両親が営む岡田ベーカリーの駐車場も、今日は第四区乗り換え場として使われていた。

「士郎！　士郎！　俺の士郎～っ」

――と、ここで両手を広げて駆け寄ってきたのは、士郎の同級生・手塚晴真。

この希望ヶ丘に越してきて、入園した幼稚園で最初に仲がよくなった男子だが、自他共に認める士郎信者で親友だ。

ここで士郎たちが来るのを待っていたのか、駆け寄ってくるなり抱きつく。

彼の背後には、一緒に士郎を待っていただろう中尾優音もいる。

「おはよう、晴真。今日は練習は休みなんだね」

「さすがに休みだよ！　ってか、会いたかったよ、士郎～っ！　もう、夏休みは嬉しいし、サッカーの練習はいくらあってもいいけど、士郎に会う時間が減るのだけが嫌だよ～っ。子守でも掃除でもなんでもするから、士郎の部屋で合宿したいよ！　なんなら風呂と食事だけは家ですませるからさ～」

隣にいた繚が反射的に一歩下がる。

それほど晴真の熱烈ぶりはすごかった。

本人が言うように、メールのやりとりはしても、直接顔を見て話をするのとは、やはり違うのだろう。

しかし、こうした晴真の大げさな言動には慣れたものだ。

士郎は「はいはい。わかったわかった」と言って軽くハグを返して、背中をポンポン。

自然な動作で晴真と身体一つ距離を空けた。

「いや、それ。まったく合宿になってないじゃん。お手伝いして寝起きするだけだよ」

「それでもいいよ～。毎日大親友の顔が見られるだろう！　会って挨拶ができるし！」

言っていることは滅茶苦茶だが、これを見ている颯太郎や寧たちは、顔を見合わせて吹きだしている。

普段は大人顔負けの神童・士郎だが、同級生を相手にしているときは、ちょっとしっかりした小学生くらいの表情になる。特に晴真は校内ではサッカー部のエースで、学年では大柄なほうだが、懐き方が未だ園児時代と変わらない。

こうした様子を見ていると、士郎が園児だった頃のことまで思い出して、懐かしくなるからだ。

「そう言ってもらえるのは嬉しいけど。でも、どうせ夏休みの終わり近くなったら、嫌でも宿題を抱えてうちに泊まり込むことになるんだから。もう、開きなおって、今のうちにサッカーの練習に専念しなよ」

「そうか？」

「そうそう」

「わかった～。けど、なんか調子よく丸め込まれてないか？　俺」

そうしてものの一分もしないうちに、晴真は納得させられた。

それでも士郎に掌の上で転がされていることは、本能的に理解しているようだ。

「そんなことないよ。ね、優音くん」

「うん。そうだよ、晴真くん。僕からしたら、そんなご褒美合宿が用意されてるなんて、羨ましいよ！　僕も一緒に参加したいくらい!!」

ただ、ここでごまかし、同意だけしてもらうつもりで優音に話を振ったのはミスだった。

妬みも僻みもない心からの「羨ましい」発言は優音ならではだが、これに晴真が言い返したことで、話が広がってしまったのだ。

「え～っ。お前、士郎の怖さを知らないから言うんだよ。すげぇんだからな！　本当に、何が何でも終わらせるぞって鬼みたいになるんだぞ。それだって、怒られるのは充功さんで、俺は〝こうなりたくなかったらわかってるよね〟って目でにっこりされるだけだけど。そのにっこりが、実は眼鏡クイッより怖いんだからな！」

こうしたときに流れ弾が飛ぶのはいつものことだが、それにしても――だ。

いきなり名前を出された充功はギョッとしていたが、一緒に聞いていた双葉や颯太郎たちは、思い当たる節がありすぎるのだろう。

いっそう笑いが堪えられなくなり、肩まで震わせる。

「え～っ！　それでもいいよ。むしろ、充功さんまで一緒に宿題をしてくれるなんて、贅沢だよ。僕も宿題ためちゃおっか……あ」

どう考えても、夏休みの宿題をやらなかった者たちが、士郎に見張られて月末に追い込みをかけるだけの地獄なのだが、それでも優音は仲間入りがしたいらしい。

宿題合宿がよほど羨ましかったのか、うっかりしたことを言いかけた。が、自ら口を塞ぐ。

このあたりはとても賢い。

そもそも晴真と同じサッカー部で練習をしているはずなのに、きちんと宿題も進めているのが、今の話だけでもわかる。

なので士郎は、優音に甘い言葉を用意した。

「それなら優音くんは、僕のお手伝いで合宿参加してよ。代わりに、それまでに自分の宿題を終わらせてもらうことになるけど――。もちろん、できたらでいいから」

「え!?　いいの！　ありがとう、士郎くん！　僕、絶対にいつもより早く宿題を終わらせるよ！　やった～!!　早く夏休みの終わりにならないかな～」

大成功だった。

このはしゃぎようなら、優音は夏休みが終わる一週間前には、宿題を終わらせるだろう。

しかし、この状況を見ていた繚からすると、首を傾げるばかりだ。

「士郎の友達って、マゾばっかりか？」

「それって獠くんもってこと？」

「――!!」

よせばいいのに、余計なことを口にして、墓穴を掘ることになる。

頭一つは低い士郎から上目遣いでニヤリと笑われ、返す言葉がない。

「いや……あ。失言だった。ごめん」

「くくくっ」

獠は、士郎に笑われながらも謝った。やり込められたことよりも、士郎から友達認定をされたことのほうが嬉しかったようだ。

すると、これを見ていた充功が、さらに余計なことを口にする。

「どうみたって、士郎信者のドMが増えたとしか思えねぇけどな」

「それ、筆頭はお前じゃん」

「なんだって!?」

「あ、山車が来るぞ。ほらほら、七生神輿のスタンバイしろよ。我が家一のドM三男」

「なんでそうなるんだよ！」

双葉にニヤニヤと笑われ、足には「みっちゃ～っ」と七生に絡みつかれて、結局充功は
「あーもー。はいはい」と抱き上げる。

肩車をしてもらうと、七生は一気に周りを見渡せるようになった目線の高さに大はしゃぎをして、「わっちょ〜い」だ。

そうでなくても周囲から注目をされているのに、これ以上ないほど目立ってしまう。

「双葉。未だに初めての弟が可愛いのはわかるけど、あんまりからかったら駄目だよ」

「はーい」

「くくくくくっ」

否定もせずに真顔で窘(たしな)める寧に、あっさり認める双葉。

颯太郎は尚も笑いを堪えるのに必死だ。

(誰も否定しないんだ)

繚や晴真たちをかまいつつも、しっかり聞き耳を立てていた士郎は、今更だが家族公認で置かれた充功の立ち位置にちょっとだけ顔が引きつった。

そんなことに気を取られている間に、二百人はいるだろう親子に引かれて、欄間(らんま)吹貫(ふきぬき)の江戸型山車が到着する。

四輪車の土台に金と朱色で彩られたそれには、提灯(ちょうちん)や様々な縁起物(えんぎもの)が飾られ、吹貫の下には大太鼓が、そして前方には小太鼓が設置されている。

引かれる山車に乗って運んでもらうのもさることながら、この上で太鼓を叩くのはよほど楽しそうに見えるのだろう。乗れるのは四歳から小学一年生までで一度きり、一区間で五人、町内の外周を四区に分けて交代にしても二十人しか乗れないことから、毎年抽選会が行われるほどの大人気だ。

ただ、今年は七生が乗れる年に満たないことから、武蔵は自分から抽選には申し込んでいなかった。できれば七生と一緒に乗りたかったから、「俺は最後の年にかける！」と言っていたのだ。

「武蔵くん、大きいの叩いていいよ！」

「うんうん。武蔵くん、幼稚園でも太鼓上手だからね」

「大きいのは、柚希ちゃんが叩くはずだったんだよ」

「はい、バチ！　頑張れ！」

「うん！　ありがとう‼　俺、頑張る！」

しかし、今朝になって向かいに住む年長女児・柚希ちゃんが熱を出してしまい、急遽（きゅうきょ）本人から代わりを頼まれた。

それで朝から「どんどん、かっ」とやっていたのだが――。

こうした事情を知っていたからか、同乗した子たちは武蔵を歓迎してくれた。

それも一番人気の大太鼓を譲ってくれて、バチを持って立つ姿に士郎たちも自然と胸が熱くなる。

「では、出発しまーす！」

「むっちゃ〜っ！　わっちょ〜い」

　こうして山車のちびっ子奏者が入れ替わると、先頭にいる役員から声が掛かり、太鼓の音と共に第四区へと動き出す。

「どんどん、かっかっか！　どんどんどんどん、かっ！」

　クマを背負った武蔵が声を上げながら、大太鼓を叩く。

　その姿を見ながら、七生を担いだ充功や士郎たちも邪魔にならないように山車と一緒に歩いた。

（ええの、ええの〜。祭りはやっぱりこうでなくてはの〜）

　武蔵の背中で揺られる氏神の浮かれた念が、一層強く士郎の脳に響いてくる。

（――こう？　そうしたら、これまではどうだったの？）

（皆に怪我のないよう、若手と交代で空から見守るだけじゃな。吾らのために祭りを開いてくれるのはありがたいが、そんな行事で事故でも起きたら〝何のための信心だ〟ってことになるであろう。たとえ、苦しいときの神頼み用の神であっても、できる限りのことはせねばというのが、吾らの役目じゃ）

（そう……ですか。半端な信心のために、お気遣いいただきまして、どうもすみません。ありがとうございます）

　士郎は、氏神の話を聞けば聞くほど、申し訳なく思えた。

苦しいときの神頼みという概念もないが、崇め奉ることもないまま今日まで生きてきたという自覚があるからだ。

（まあ。童のように、目に見えぬ存在を受け入れ、信じてくれる者たちがおるから、吾もこうしておられることだしな）

（いえ。少なくとも僕には憑依されて動くクマさんが見えてますし、怪我のときにも頭を打たないようにと、助けてもらいました。何より、こうした念もガンガン送られてきて、話もできているので。信じるどころか、いい加減に神社に供物を捧げに行かないと――という状態です）

（何をいきなりかしこまっておる！　童たちには、もう供物以上のものをもらっておる。兄たちには裏山の扉を直してもらい、弟たちには遊んでもろうて、今日などはこうして山車にも乗せてもろうとるしの～。ってか、物理的に山車に乗った経験がある氏神など、日本中を探しても、そういないと思うぞ。はっはっはっ！）

（クマさんってば）

神仏ごとに関しては、信じる信じないはその人次第だ。

だが、士郎からすれば、そもそもそれ以前の話で、盲信もしていなければ、拒絶も拒否もしていないだけの存在だった。

しかし、氏神からすれば、拒絶も拒否もしていない士郎だからこそ、最初に声をかけて頼ることもできたのだろう。

「バウン」

「みゃん」

――と、ここでエリザベスとシロウと話しかけるように鳴いた。

まるで士郎と氏神の話を聞いていたようなタイミングだが、これに獠が反応して、にゃんにゃん翻訳機に目をやった。

「楽しいニャン――でしょう」

「あ、うん」

士郎がこれしかないだろうとばかりに言い当てると、獠が照れくさそうに笑った。

「みっちゃ！　わっちょわっちょよ～」

七生神輿を担ぐ充功も、「はいはい」といい加減な相づちを打ちつつも、その顔には終始笑みが浮かんでいた。

＊＊＊

三区を出発した山車が四区へ着いたところで、武蔵の大役は終了した。

そこから子供たちはエリザベスを連れて祭り会場となっている第一公園の出店でお昼を

済ませて、午後から予定されている催し物などを楽しむことになっている。

「それじゃあ、みんな気をつけるんだよ」

「はーい」

颯太郎と寧だけは仕事や家事があるので、隣家の老夫婦と共にいったん自宅へ戻った。

こうなると、この場の保護者は双葉と充功ということになるが、すでに公園では「子守は任せろ！」と立候補していた充功の友人佐竹や沢田が待ち構えている。

さすがに双葉の友人たちは高校生とあって、率先して子守は言い出さなかった。

だが、気がつけば手には大きなフランクフルトを人数分持っており、双葉が何かを言う前に「これはお兄さんたちからの差し入れだよ～」と配ってくれた。

これだけで樹季や武蔵、七生のテンションは爆上がりだ。

「わ！　ありがとう」

「高校生のお兄ちゃんたちすごい！」

「やっちゃ！」

大いにはしゃぎまくって、佐竹と沢田のライバル心を煽っていた。

「ほら。充功のダチの分も。これで一日、子守を頑張れよ～」

「あ、俺たちは双葉を借りていくからな！」

それだけに関わらず、その場で人数を確認すると、高校生たちは佐竹や沢田、繚の分までフランクフルトを買い足して配ってくれた。

町内会主催の露店とあって一本百円とお祭り価格だが、これはもう値段の問題ではない。佐竹たちからすれば、楽しい子守を譲ってくれた上に、至れり尽くせりだ。

何より行動が逐一スマートで、それが美麗な双葉の取り巻きとして素晴らしくマッチしており、その場を離れていく後ろ姿さえ神々しく見える。

「何、あのカッコいい集団！」

「多分、双葉さんが中学の生徒会長だったときの役員だよ。当時の三役(さんやく)とか、運動部の部長さん」

一瞬にして、子守としてのライバル心が吹き飛んだのか、夏休み限定でヤンキー丸出しの金髪に染めている佐竹は、フランクフルトを片手に目を輝かせた。

いっぽう、今年充功や佐竹と同じクラスになるまでは、どちらかと言えば物静かなタイプだったはずの沢田は、すっかりこのノリに馴染み、ここぞとばかりに持ち前の知識を披露する。

「うわ～っ。俺たちも負けていられねぇ！　充功を希望中・伝説の大将にしようぜ！」

「それには〝嫁にしたい・婿にしたいコンテスト〟投票で、堂々の二冠同時制覇した寧さんというレジェンドの取り巻き筆頭が、町の名士(めいし)で国会議員の息子っていう、格違いの集団もいるけどな。でも、やっぱり目指す限りはナンバーワンだもんな！」

「おう！」

子守役としてのライバル心は失せたが、我が殿とばかりに持ち上げている充功の伝説化には、力が入ったようだ。

この辺りは、中学生らしいマイナーかつ狭小世界での盛り上がりだが、いっそう結束が固くなっていく。

しかし、士郎からすれば頭痛の種が増えるだけだ。

伝説だかなんだかしらないが、結局のところは樹季たちをベタベタに甘やかす集団がより強化されるだけだからだ。

「どうでもいいけど、士郎のところって、兄ちゃんたちの友達まですごいのな」

行きがかりでフランクフルトをもらった繚など、ポカンとしている。

見た目といい、頭脳といい、本当なら繚自身が通う中学でレジェンド扱いでも不思議がないだろうに、こうした盛り上がりには無縁なようだ。

こういうところは都心の中学と、まだまだ田園風景を残すような都下の中学ではノリが違うのかもしれない。

颯太郎ぐらいの年齢から見ると、ほどよく昭和的なノリが残っている土地――それが希望ヶ丘町だからだ。

それでも兄弟の上三人が、揃いも揃って中学の有名人というのは、なかなかないだろう。

　しかし上三人からすれば、「それでも神童とまでは呼ばれていない」と返すだけだったが——。

「双葉や充功の友達は一人っ子が多くて、我が家の弟たちで疑似兄弟を楽しんでるからね」

「なるほどね。それは賢いやり方だな。責任のない立場で、愛でるだけ愛でられるなんて、祖父母のポジションより美味しいもんな」

「そうかな？　僕から見たら、祖父母よりも甘やかしているのに、弟たちからはいいように使われていると思うんだけど」

　——特に樹季と七生には！

「みゃん」

「ほら。シロウも〝いいね〟って言ってる」

（それ、どういう意味での〝いいね〟なのかが、まったくわからないんだけど！）

　端から見れば感心するばかりなのだろうが、身内となったらそうはいかない。

　それでも露店買いで食べるフランクフルトは、家の中で食べるよりも、何倍も美味しく感じる。

　これは士郎も同様なので、有り難くいただく。

「美味しい！　おっきい！　七生も同じのもらえて、よかったな！」

「むっちゃ、いっとね〜」

「美味しいね、士郎くん。焼きそばも引き換えに行こうね」

「先にこれを食べ終えてからね」

「はーい」

普段はしない立ち食いも相まって、そろってニコニコだ。

上が甘い分、せめて自分が厳しく弟たちを躾けるように——などと心がけているのだろうが、寮から見れば士郎も充功たちも大差はない。

そもそも甘やかされているかもしれないが、樹季や武蔵はわがままではない。

二歳に満たない七生でさえしっかりと躾けられている。

「ごちそうさまでした！」

「次は焼きそばだ！」

そうして大きなフランクフルトを食べ終えると、武蔵と樹季は本日のランチ・焼きそばをもらうために、首にかけた財布から引換券を取り出した。

一人一本と平等にもらったフランクフルトだが、七生にとっては数人前の量。大喜びしたのは、食べ始めて数口までだ。

それでも七生なりに一生懸命食べていたが、武蔵たちが次へ行くとわかると、目が泳ぐ。

「七生も焼きそばをもらいたいんだろう。それは俺が食うから、一緒に行ってこい」

「みっちゃ！　あっとね～っ」

少しかじって満足したらしい残りは、充功が引き受けた。

七生は満面の笑みを浮かべて、みんなと一緒に焼きそばをもらいに行った。

「バウン」

「みゃ」

ただし、こればかりは黙って見ているしかなかったエリザベスとシロウは、氏神と共に鼻をヒクヒクとさせるしかなかったが――。


祭り会場である第一公園には、昼時を境に一気に人が増えていた。

ランチ用に食べ物を露店へ買いに来た人たちもいたが、午後からは二部制でゲーム大会やカラオケ大会などの催し物もあるからだ。

「二部制って、何するの？」

「日中はゲームとかカラオケ？　夜は盆踊りかな」

樹季や武蔵、七生やエリザベスは充功たちが見てくれているので、士郎は繚やシロウと一緒に公園の隅にいた。

真夏の日中にしては風もあって過ごしやすいが、普段はインドアそうな繚を気遣い木陰(こかげ)

で一休みしていたのだ。

「朝から晩まで、町内の祭りとは思えないほど、気合いが入ってるな」

「確かにそうかもね」

「――あ！　いたいた。士郎！」

「もうすぐゲーム大会が始まるよ」

するると、山車のあとに一度帰宅していた晴真と優音が、手を振りながら寄ってきた。

その後ろには士郎のクラスメイトたちも揃っており、男子は寺井大地、青葉星夜、九智也の三人が。そして、女子は浜田彩愛、朝田紀子、水嶋三奈の三人に、隣のクラスの柴田麗子が一緒だ。

「士郎の分は、俺たちが記憶ゲームにエントリーしといたぞ！　優勝者には、岡田ベーカリーのお買い物券三千円分って言ってたから、本気でいけよ！」

「ちなみに予選は二回から三回。学年や年代別で四人一組の山手線ゲームで勝者を選出。そうして勝ち残ったメンバーに、まずはおめでとうのドーナツ十個分の商品券が出る。でもって、ここからは無差別級の本戦なんだけど、舞台上でパッと見数字の記憶合戦。けど、受付のおじさんに言ったら、〝士郎くんはシードにしておく〟って言われた」

一気に人が増えたことで、獠はここでも目を丸くした。

しかも、士郎の顔を見るなり大地と智也がまくし立てたものだから、獠は抱っこしていたシロウ相手に「本当にすごいな。ここの連中は」と、ぼやいてしまったほどだ。

「もう、最初から無差別級本戦決定だって。というか、このゲームに限っては、士郎への挑戦者を選ぶ予選みたいになってる！」

「そこはみんな、神童士郎くんのすごさをわかってるってことでしょう」

「確かに！　予選から士郎くんがいたら、四年生は誰一人〝まずはおめでとう〟に入れないもんね」

それにしても、この場に駆けつけてきた全員のテンションが高い。

普段は大人しめな星夜だけでなく、浜田、朝田といった女子たちもキャッキャ、わあわあと大はしゃぎだ。

「あ！　そうだ。ゲーム大会は、参加券があれば、町内外の人でもエントリーができるから、よかったらお兄さんもどうですか？　各家庭の人数分配布されているんですけど、うちはお父さんはお祭りの執行部側だし、お母さんもゲームは見るだけでいいって。地区外のお友達にあげていいよ――って言っていたので」

そんな中で、繚の存在に気づいて参加券を差し出したのは水嶋だった。

「……俺？」

「私、地区外にはお友達いないから」

一緒にいれば巻き込まれるのは当然だろうが、繚からすると驚くばかりだ。

「せっかくだから遊んでみたら？　もしかしたら、決勝で僕と対決できるかもよ」

それでも士郎が誘うと、繚は俄然張り切った。

「乗った！　ありがとう。これ、もらうね」

思いがけない対決に心底からテンションが上がったらしい。

これには水嶋も嬉しそうだ。心なしか頬が赤らんでいるのは、派手な出で立ちだろうが、子猫を抱えていようが、単純に繚のルックスがいいからだろう。

もしくは、好みだったのかもしれない。

「でもさ。これがあるから、今回は駅向こうに通う大学生とか、完全に地元どこだよって人たちも参加するって張り切ってるんだろうな。さすがに、町内会員の親戚とか、知り合いみたいだけど」

「きっと、それって俺みたいなパターンだな」

「あ、勝」

――と、ここでさらにクラスメイトが加わった。

晴真や優音と「よう」と声を掛け合う山田勝は、サッカー部員。

そして、彼が連れてきたのは、隣町に住んでいる六年生の従兄弟・源翔悟。父親はつい先日、士郎が怪我をしたときに診てくれた総合病院の主治医だ。

「自分が出ても賞品をもらえる確率が低いから、ちょっとでも頭のいい親戚に〝俺の代わりに参加して〜〟って言うパターン。ね、翔悟兄ちゃん」

「わ！　夢小サッカー部のキャプテンだ。超カッコいい」

「本当だ。サッカーだけでなく、すっごく勉強もできるんだよね。確か栄志義塾の模擬テストの結果で、この地域の六年生の中ではトップだった人！」

間近で見るのは初めてなのだろう、星夜と智也がはしゃぐ。

やはり、十代の二学年差は大きいのか、翔悟を見る目が先ほど高校生たちを見ていた佐竹たちと変わらない。

「小学生高学年の部で、さらっと士郎に負けてるけどね」

「士郎は一緒にしたら駄目だから！」

「でも、そうしたら六年生の部は、翔悟くんに持って行かれるかもね」

それでも翔悟とサッカーを通して面識のある晴真と優音は、気後れがない。

学年差はあるものの、笑い合える仲だ。

「ゲームですごいの見られる方が嬉しいし、楽しいよ！　あ、でも。翔悟さんが賞品取ったら、ちゃんと翔悟さんに上げろよ、勝」

「え〜っ。俺がもらったら駄目なの？」

「あったり前だろう！　勝は俺たちに従兄弟の兄さん自慢して気持ちよくなれるんだから、それでいいじゃん」

「あ、そっか！　だよな～」

勝はすっかり大地に見抜かれ、やり込められている。

だが、こうして盛り上がり、話が弾むのはいいが、獠にとってはこの時点で記憶ゲームスタートだろう。

友達百人は大げさにしても、今日だけでも一クラス分ぐらいとは関わりそうな勢いに、子供たちの顔を見回していく。

しかも、祭りだからこうした状態になっているわけではない。

それは朝から見ていてもわかる。

誰も彼もが姿を見つけた途端に、「士郎」「士郎くん」と寄ってくるし、それは士郎の兄弟、父親にも同じことが言えたからだ。

「なんか、士郎の周りは賑（にぎ）やかと言うか、家族以外もノリがいいんだな」

「そうかもしれないね」

「あの、お兄さん！　その猫ちゃん。もしかして士郎くんが裏山で拾った猫ちゃんですか？」

言っている側から、今度は獠本人が声を掛けられた。

「ん？　そうだよ」

「わ！　やっぱり。うちの子もそうなんです！　今日は、猫ちゃん兄弟を会わせてあげたいねって言って。里親になった子たちが、みんな集まってるんですよ！」

「お兄ちゃんもよかったら！」

「あ、ありがとう。そうしたら、ゲームが終わったら」

「はい！」

見ると小学校低学年と高学年くらいの女の子たちだった。

繚がずっとシロウを抱いていたので、声をかけるタイミングを計っていたのだろう。

約束を取り付けると、喜び勇んで離れていく。

ちょっと頬が赤らんでいたところを見ると、

（繚くん、モテモテだな）

などと、士郎は思った。

「……本当。物怖(ものお)じしないというか、ノリがよくてコミュ力が高い子が多いな」

「お祭り気分も手伝ってるんだと思うよ。それに、普段から充功やその友達を見ているから、外見の派手さで引くこともしないだろうしね」

「それは士郎と一緒にいるからだろう」

「子猫も抱いていたからね」

そんな話を笑い合ううちに、公園に隣接したグラウンド中央に作られた櫓(やぐら)の向こう、壇上から「ゲームを始めます」というアナウンスが掛かった。

士郎たちを含め、公園にいた人たちが移動を始めて、さっそく記憶ゲームの予選会が始まった。

「やった！　予選突破‼」

「うわっ！　駄目だった！」

あちらこちらから大げさに声が上がる中、予選を勝ち抜いた小、中、高の各学年の十二名に、大学生と社会人用の十代から七十代の七名の計十九名が、シードの士郎と一緒に壇上へ上げられる。

そこには小六の部から翔悟、中一の部から缭、そして高二の部から双葉が出てきたことで、身内だけでなくゲームを見に来ていた者たちが大盛り上がりとなった。

「双葉！　頑張れよ！」

「お兄ちゃんらしいところを見せてくれよ」

ここで初めて、先ほど双葉が友人たちに連れて行かれた意味がわかった。

フランクフルトを配って「借りるよ」と離れたあとは、ずっとこのゲームでこの見せ場を作るために、頭のウォーミングアップをさせられていたのだ。

双葉からすれば想定外の巻き込まれだ。

しかし、そもそも付き合いがいいのが災いしてか、ここまで来たらノリノリだ。

「よし！　今から次男の底力を見せるからな！」

「それ！　四男に向かって言う台詞じゃねぇだろう!!」

「あ、そうだった！」

壇上から適当なことを叫んでは、祭り会場を盛り上げていく。

「うわっ！　士郎のシードばっかり気にしてたから、双葉さんの存在をすっかり忘れてたよ！」

「――ってか、なんなの!?　この粒ぞろい」

「壇上のイケメン率高くない？　眩しい」

「おうおう。今年も盛り上がってるの～」

「みんないい笑顔ですね」

老若男女、はしゃぐ理由はそれぞれだったが、祭りの第一部は、すでにピークを迎えた状態になっていた。

「それでは、こちらの二十名で記憶ゲームの決勝戦を始めます！」

司会進行の役員からアナウンスがかかると、一瞬でグラウンドが静かになった。

ここからは単純だ。士郎を含め、壇上に上がった者たちで、ホワイトボードにランダムに書かれた0と1だけで組み合わされた五十桁を、順番通りに制限時間三分でどこまで記憶できるかを競うことになる。

「では、暗記タイムスタート！」

ストップウォッチ片手に声がかかる。

参加者には最初にペンとスケッチブックが配られ、ここからは用意されたホワイトボードを全員で目視した。

「え？」

「ん？」

すると、一分も経たないうちに、眉を顰める者が続出した。

ただの数字なら、多少は頭に入りやすいだろうが、これが0と1だけになると得手不得手に分かれそうだ。

このほうが脳内でリズミカルに唱えやすい者もいるだろうし、逆に目が滑ってしまい、出だしですぐにわからなくなってしまう者もいそうだからだ。

（00101011000010111001001100001110111010001011101010。これって前に試しでやった円周率をグレードアップさせた感じかな？　桁は短くなったけど、間違えやすくなっている。智也くんが作ったのかな？　そういえば、さっき記憶ゲームの予選内容なんかも説明してくれたし）

士郎は写真を撮るように、一目でホワイトボードの数字を記憶した。

だからといって、キョロキョロするわけにはいかないので、残り時間はじっとボードを見ながら暗記をしている振りをする。

そうして長くも短い三分が経った。

「――はい、そこまで！　それではここから覚えた分だけ書き出してください！　こちらも制限時間は三分です。スタート！」

ホワイトボードが裏返されたところから、全員が一斉に書き出し始めた。

ここからさらに三分間、見物する側は固唾(かたず)を呑んで見守ることになる。

三分の間、一定のペースで書き続け、一度もペンを止めなかったのは双葉と繚。

翔悟は最初の書き出しこそ順調だったが、一分を過ぎる頃には、度々(たびたび)ペンが止まった。

大学生や大人たちも、似たような状態だ。

ただ、そんな中で、士郎だけが一気にペンを走らせると、悩んだ素振りもなく書き終えた。

その後は壇上から会場へ視線を向けて、手を振る七生たちに応える余裕さえ見せる。

これはこれで見学者たちの期待を高めたのか、誰もが壇上の士郎の様子を窺っていた。

「――はい！　三分が経ちました。ペンを回収しますので、ここからは一人ずつ書き出した数字を読んでもらいます。さあ、みんな何桁まで覚えられたかな？　発表でーす」

そうして書き出しタイムが終わると、ペンが回収された。

小さい子から順番に書いた数字を読み上げる。

再びオープンされたホワイトボードと照らし合わせて、一人一人答え合わせがされていく。

「おおおっ！　十五桁の正解です！　すごいですね！　よく頑張りました‼」

「はーいっ」

それでもここまで勝ち上がってきた者たちだ。年齢に関係なく、十から二十は覚えていた者が多く、翔悟も三十桁までは覚えていた。

「――あ、しまった！」

「あー。残念！　それでも四十八桁まで覚えていました。驚異的です！　中学一年生の繚くんに拍手～っ」

そして、ここで繚がトップの記録を出した。

「うわっ！　やっちゃったよ」

「ああ～っ！　ここで双葉くん痛恨(つうこん)のミス！　それでも繚くんの記録に次いで、四十三桁です！　これもすごい‼」

士郎の対抗馬としては大本命だった双葉が、惜しくもこの時点で二位となった。

その後の大人たちも二十桁後半へ行けば上出来という状態で、最後はシードされていた士郎が読み上げることになるのだが――。

「001010110000101110010011000011101110100
01011101010」

「全桁正解！　優勝は兎田士郎くん!!　圧勝で～すっ！」

すでにここまでの発表で、1と0だけの五十桁を覚えるというのが、どれくらい難しいのかを示されていた分、士郎の正解には大歓声が起こった。

双葉や繚と一緒に賞品目録をもらうと、一礼してから壇上を降りる。

「おめでとう士郎くん！　双葉くんも繚くんも！」

「さすが、しろちゃん！　ふたちゃんも猫のお兄ちゃんもすごかった！」

「しっちゃ！　ふっちゃー！　りょっちゃ～！　やっちゃー!!」

「ばうばう～っ」

壇上から降りると、樹季たちや晴真たちが喜び勇んで士郎を囲んだ。

士郎と双葉、そして繚から樹季たちに、一位から三位までの賞品目録が渡される。

「え？　繚くんまでいいの？」

「シロウを抱っこしててもらったお礼」

「わ！　ありがとう！」

もはや樹季や武蔵、七生はニッコニコだ。

とはいえ、一位から三位分までとなると、六千円分のベーカリー引換券だ。

三人は「ありがとう‼」と言いつつも、すぐに「みっちゃん、これ！」「持ってて」「みっちゃ！」と、全部充功に預けた。

あとは、お祭りが終わってから、美味しいパンやドーナツと引き換えるだけだ。

持つべき者は優秀な兄たちとその友人だ。

「さすがは俺の大親友！　やっぱすげえ！」

「双葉さんと繚さんもすごかったよ！　うんうん！　すごい‼」

集まってきた友人たちからは、双葉や繚にも声が掛けられ、「いや～、盛り上がった。盛り上がった」と笑い合う。

「残念だったね。双葉兄さんは186を168と勘違い。繚くんは最後の最後で、2を1って覚えたから。そこで間違えてなければ、全問正解だったよね」

「――え⁉」

「なんでわかったんだよ！」

ここで士郎がかけた言葉に、双葉と繚は目を見開いた。

双葉の友人たちも耳を傾けて、興味津々だ。

「二進数を十進数に置き換えて覚えたんでしょう。二人とも、スケッチブックに書き出していた数字が、八桁ずつで区切ってあったから」

「あ！　確かに」

　ここで双葉は、ようやく士郎が言わんとすることを理解した。

「――え!?　意味がわからない。いや、なんとなく想像はできるけど……。きちんと説明してもらえる？　士郎くん」

　しかし、双葉の友人たちは確信が持てないのか、士郎に詳細を求める。

「はい。双葉兄さんと遼くんは、ホワイトボードに書き出されていた数字が1と0だけだったから、八桁ずつの二進数として捕らえて、それを十進数にして覚えたんですよ」

　言葉だけではわかりにくいと判断してか、士郎は足下に落ちていた小石を拾う。

　その場にしゃがみ込むと、先ほど暗記した数字を地面に書き出していった。

「そうすると、00101011で43。00001011で11。10010011で147。00001110で14。11101000で232。10111010で186。10で2。まあ、これでも十六桁の数字、二桁から三桁の数字を七つは覚えていないといけないんですけど。それでも五十桁よりは、覚えやすいでしょう。で、あとは書き出すときに、覚えた十進数の数字を二進数に直していくと――」

「それで八桁ずつか！」

「はい。ただし、ここで十進数にした数字そのものを間違えて覚えてしまうと、これを二進数に直したときに、結局は間違えちゃうんですけどね」

「なるほどな――。だから双葉が六つ目、遼くんが最後の七つ目で変換ミスをしたってことなのか」

士郎からの説明に、高校生たちも納得だ。

ただし、ここで士郎の説明が理解できたのは、ギリギリで彼らだけだ。

充功や士郎の友人たちには、何が何だかさっぱりだ。

「いや、待って！　あの三分内にそんな変換をして覚えようとする双葉や彼もおかしいけど、スケブの数字の区切り方を見て、二人の記憶の仕方が――。そもそも何をどう間違えたかまでわかる士郎もおかしいだろう！　天才過ぎるって!!」

それでもハッと我に返ったように、上位の三人を見ながら軽くパニックを起こす者もいた。意味がわかればわかったで、逆に双葉や獠、そして士郎のすごさにショックを受けたのだ。

「そこまでおかしくないですよ。0と1の並びで二進数っていうのは、習ったことのある人なら、一瞬頭によぎると思うし。特に獠くんは、自分でもプログラミングをするくらい、この手のことには強いのを知っていたので」

士郎は地面に書いた数字を消しながら、笑って見せる。

そうして、手にした小石をグランドの隅に放って、にっこり笑う。

「むしろ、こういう覚え方もあるかもな～って、想定しながら問題を用意した智也くんもすごいですよ。ね、智也くん。だからこの数字って、ちゃんと八桁で変換できるようになってたんでしょう」

「え？　ごめん。そこはネットで調べた暗記問題の例にあったから、マネして超適当に並べたんだ。八桁で二進数になるとか、考えてなかった。ってか、二進数って何？」

ただ、さすがに士郎も深読みが過ぎたのか、智也はそこまで考えていたわけではなかったらしい。

「――だよな！　そもそもこれって、高校で情報処理とかコンピュータ系の授業を取ってなかったら、習わないだろう」

改めて言われてみれば、そうだった。

中学の授業に二進数があったのは、士郎が生まれる前だ。

「なんにしたって上位三人は、俺たちとは頭の構造が違うっていうのだけは、よくわかったよ！　本当にすごいよ」

だが、双葉の友人がいっそう盛り上がったときだった。

「なんだよ！　間に合わなかったじゃないか!!」

「本当だよ！　一番見たかった士郎の参加ゲームが終わっちゃってる！」

公園側から走ってきた子たちがいたかと思うと、士郎たちを見ながら声を上げた。

「だから嫌だったんだよ！　今日までお手伝いなんて」

「もう、もぉぉぉっ！」

言葉どおり、二人揃って悔しそうに地団駄を踏む。

「佐藤くん」

それは士郎のクラスメイトで、周りからは「ダブル佐藤」などと呼ばれることもある、従兄弟同士の男子だった。

「あ！　士郎」

「聞いてくれよ、もう！　士郎〜っ」

「え？　どうしたの」

士郎の顔を見るなり、泣きつく二人に、充功は思わず「またか——」と漏らした。

これに双葉は「みたいだな」と相づちを打つが、さらに増えた子供たちを前に、寧はただただ苦笑を強いられるばかりだった。

3

祭り会場に駆け込んで、目当てにしていた士郎の活躍を見損ねたことで、地団駄を踏み始めた二人は、佐藤一輝（かずき）、一叶（かずと）と言った。

名前だけを見ると双子と間違えられそうだが、本人たちを見ればそうでないことは一目（いちもく）瞭然（りょうぜん）だ。

一輝はクラスでも大柄なほうで、日に焼けた肌のソース顔。

一叶は中肉中背で、どちらかと言えば色白なしょうゆ顔。

説明されなければ、従兄弟同士だとまずわからない。

ただ、外見こそ似てはいないが、負けず嫌いで気が強いところはコピーかと思うほどそっくりだった。

だからと言って、同時に地団駄はないだろうと思うが、よほどのことがあったのだろう。

「繚くん。ごめんね。ちょっとだけいい？」

「ああ。いいよ」

「ありがとう」

士郎は獠に許可を取ると、佐藤たちに声をかけて、賑わうグラウンドから公園側に移動した。

ちびっ子たちの子守は、引き続き充功たちとエリザベスに任せて、ここはその場に残っていた同級生たち――晴真、優音、大地、星夜、智也。そして、浜田たち女子四人と一緒に、二人の愚痴を聞くことにする。

この間、獠は先ほど声を掛けてきた女子たちと里親会をすることになった。

シロウそっくりなサバトラを抱えた人たちに紛れて、しばし親馬鹿話に没頭する。

また、双葉はこれらの様子を見届けてから、友人たちと場所を移動した。

高校が分かれて、久しぶりに会う友人たちだったので、ファーストフード店へ行って、腰を落ち着けて話そうとなったのだった。


「それで、何がどうしたの？」

士郎はひとまず佐藤たちをベンチに座らせ、自分は晴真や大地たちと一緒に、彼らの前に立った。

見れば一輝は手ぶらで来ていたが、一叶は通塾用とわかる栄志義塾のロゴの入ったリュックを背負っている。

女子四人はベンチの背後に回って、様子を見守るに徹していた。

「もう、やだよ～。何のための夏休みだか、わかんない。先月、父ちゃんが足を怪我してさ。まだ、完全によくなってないから、手伝いをしないといけないのはわかる。でも、いくら収穫どきだからって、夏休みなのに毎日毎日畑で手伝いとか――。俺の人生終わってるだろう」

口火を切ったのは一輝だった。

彼の家は希望ヶ丘旧町にあり、この希望ヶ丘町から黄金町にかけて、代々田畑を受け継ぐ専業・慣行――法律で認められた農薬、肥料を基準の範囲内で使う一般的な栽培方法――農家。父親の代になっても、かなりの土地を所有し家業に励んでいる。

しかし、昔から人を雇ってというのはないようで、最新の農機具を導入しての家内作業だ。

その大黒柱が怪我となれば、子供でもできる手伝いはしなくてはならないだろうし、ましてや夏休みとなったら渡りに船だろう。

親からすれば――という話だが。

「俺は勝手に決められた塾の夏期講習でびっちり。なんで継ぐかどうかもわからない農家のために、今からいい大学目指して、勉強しなきゃいけないんだよ。昔と違って、農家も学歴や専門知識は必要だって言われても、俺一度も農家を継ぐなんて、言ったことないのにさ！」

一方、教材が詰まったリュックを下ろして愚痴り始めた一叶の家は、一輝の家を本家とする分家に当たり、いくつかのハウスと畑を持っている兼業・有機――化学的に合成された肥料及び農薬を使用せず、遺伝子組換え技術を利用しない――農家。

この辺りは親族といえども方針が違うのだろうが、いずれにしても親の考え方によって、対照的な教育と生活を余儀なくされているようだ。

「炎天下でサツマイモの収穫するよりは、マシだろう。クーラーが効いた部屋で、机に向かっていればいいとか、一叶は天国じゃないか」

「は!? 好きでもない塾で勉強だぞ！ 通いはチャリで炎天下を行き来だぞ！ それなら家にいられるだけ、よっぽど一輝のほうがマシだろう。毎日朝から晩まで塾にいるぐらいなら、家での手伝いのほうが全然いいよ。合間に休めるし、遊べるんだから。ってか、芋掘りなんて、遠足と一緒だろう」

「ふざけるな！ 一つや二つ掘るんじゃねぇんだぞ。先に蔓を刈り取って、クワで掘り上げて、その畑が学校のプールより、いや、グラウンドよりも広いんだからな！」

これはこれで無い物ねだりなのか、互いの愚痴からすぐに言い合いになる。

士郎が愚痴を聞いて解決策をと思ったところで、口を挟む隙もない。

もともと従兄弟とはいえ、仲がいいわけでもなく。

縁故関係があるが故、ぶつかることが多い二人だけに、この夏休みに置かれた状況が、いつにも増して争いの火種になっているようだ。

「うわっ。士郎の前でこれって、よっぽど鬱憤がたまってるんだな」

「――だよね。士郎が喧嘩はするのも見るのも嫌いって知ってるから、教室では絶対にやらないのに」

大地と智也が顔を見合わせ、頷き合う。

だが、その一方で、ベンチの向こうでは浜田と朝田がこそこそしている。

「ねえねえ。サツマイモの収穫って秋じゃないの？」

「知らない。一年中スーパーに売ってなかったっけ？」

目の前で起こったもめ事より、話の途中で出てきたサツマイモのほうが気になったらしい。

しかし、これが樹季と武蔵のやりとりを見ているようで、ちょっと和んだ。

士郎は吹き出しそうになりながら、浜田たちに向かって話しかける。

「サツマイモは種類も豊富だし、品種改良もたくさんされてるから、今から収穫するタイプもあるんじゃない？　確か、鹿児島産の紅さつまとかは、六月くらいから収穫できるなんて聞いた覚えがあるし。あ、でもスーパーにいつでもあるのは、サツマイモが長期保存できるからであって、旬はやっぱり秋だよ」

「そうか！」

「そうなんだ」

何の気なしに見聞きしていた話をすると、これに一輝が食いついてきた。

「そう、それ！　さすがは、士郎だよ‼　ってか、なんでそんなことまで知ってるんだ。もう、これだから士郎のことが大好きなんだよ。一叶なんか、勉強勉強って言っている割に、全然自分ちの作物のことなんて知らねぇのにさ」

席を立つと同時に士郎の手を取り、力強く握手。

しかし、一言多いがために、一叶までもが立ち上がる。

「知るわけないだろう！　俺は将来、土壌作りだとか、品種改良をする研究ができるようにって。そのためにいい大学って言われたって、今塾で習うことなんて、所詮は小四レベルの理科だよ、小四レベル！　春の動植物に野菜の解説なんか出てこないし、夏はヘチマだし、秋には気温が下がって、植物の葉の色が変化し、枯れたりしますって。実りに関しては、ほとんどスルーだぞ！　でもって冬は冬眠しちゃうんだよ。こんなの勉強したって、芋の種類なんかわかるはずないだろう！　そもそもうちは、西洋系のおしゃれ野菜みたいなのしか、作ってないんだから！」

「――っ」

かえって怒りが増したようで、一叶が一気にまくし立てている。

これには一輝も口を噤み、士郎もびっくりだ。

「……すごい、切れっぷりだな」

「うん。特に一叶くん。真面目に勉強してるのに、全然おうちの仕事に繋がりが見いだせないから、余計に腹が立ってるのかもね。でも、そうか——。秋は枯れて、冬は冬眠とだけ言われたら、確かに農家さんはやる気をなくすよね」

晴真や優音も苦笑いを浮かべながら、士郎を見てくる。

誰が何を言っているわけでもないのに、左右とベンチ向こうから「どうにかしてあげて、士郎くん」「頼む、士郎！」という声が聞こえてきそうだ。

こんなところで士郎は、「目は口ほどに物を言う」を実感する。

「難しいよね。土壌作りに品種改良って、大学へ行く行かないとは関係なく、常に農家さんたちはチャレンジしていそうだし。ただ、一叶くんのご両親は、もっとこう……。科学的に？　専門的にやってほしくて、今から大学受験を視野に入れた勉強を——って、考えなのかもしれないし」

とはいえ、何をどう言えば、二人の気が済むのかが、士郎にはわからなかった。

ひとまず盛大に切れた一叶からフォローしようと思うが、これまでの発言を聞く限り、本人は愚痴りたいだけにも見える。

こういうときは、解決策を求めるのではなく、たんに話を聞いて欲しい、同情してほしいだけということも多いので、下手なことが言えない。

それこそ「塾を辞めたい」「どうやって親に言えばいいのかわからない」という相談なら、また違う。

一輝にしても「お手伝いは嫌だ」と言いつつ、それでも父親が完治（かんち）するまでは仕方がないことだというのも、きちんと理解している。「親と大喧嘩した。もう帰りたくない！」と言っているわけではないからだ。

（こうなると、とことん愚痴を聞いてから労（ねぎら）う？　褒めて、慰めて、様子を見る？　それに、まだお祭りのゲーム大会は残っているし、カラオケ大会もある。夜には盆踊りもあるし、そこで一緒に遊んで、少しはストレス発散できる？）

しかし、そんなことを考えていたときだった。

「そんなの――。一叶の父ちゃんが勝手に本家から離れて、兼業だか有機だかに変えたからいけないいんだろう」

一輝が、やれやれとばかりに言って、鼻で笑った。

火に油だ。士郎が話したことで、若干だか落ち着き始めた一叶の怒りが、再び燃え盛る。

「知るかよ！　そもそも本家は長男しか継げないから、うちの父ちゃんは末っ子で、畑自体ちょっとしか分けてもらってないいんだぞ。そう広くもない土地で農家をやっていくってなったら、兼業かつブランドにこだわったものを作っていくしかないだろう。それでここまで頑張ってきたんだから！」

「なら、それを引き継ぐために勉強しろって言われても、しょうがないだろう！」

「だったら一輝が芋掘りしててもしょうがないだろう！」

「ううううっ」

「がるるるっ」

ただ、一気にガーガーやったところで、話に行き詰まったようだ。

二人は威嚇し合う犬のように唸り合うが、互いに同じジレンマを抱えていることは理解しているのだろう。最後は二人揃って「うわわわっ！」「もういやだっっっ!!」と叫んで、再び地団駄を踏んだ。

「――ん？　なんだこいつら？」

「結局。喧嘩を始めても、ああして二人でオチを付けちゃうから、解決は早いのかな？」

これには晴真や優音も首を傾げる。

「いや、解決とは違うんじゃないか？」

「うん。お互いに足を引っ張り合っているだけっていうか、なんていうか……ね」

「これって、どうなの？　士郎」

大地、星夜、智也も似たようなもので、結局最後は士郎に話を振ってくる。

「とりあえず今日のところは……」

「ったく！　なんで農家なんかに生まれちまったんだろう！　こんな、きついだけの底辺仕事!!」

「本当だよ。どうせ生まれるなら、もっとカッコいい上級仕事に就いてる親のところに生まれればよかった。そうしたら、農家農家って馬鹿にされないし。嫁に来たお母さんって行き遅れだったの？　とか言われないしさ！」

しかし、ここで二人が思いがけないことを口にした。

（――え!?）

「いいよな～。士郎のところは、お父さんがキラキライケメンなだけでなく、アニメの原作者とかシナリオライターとかって超カッコいい仕事してて」

「智也のところは大企業・寺田食品のエリート営業マンで――。あ！　これを言ったら、寧さんのところはエックス線技師に不動産営業ウーマン、勝のところは消防署隊員。浜田だってそうだよ！　あの西都製粉の営業マンとか、滅茶苦茶カッコいいし。本当、みんな上級職って感じでさ」

テレビやマスコミ、ネットの影響もあるのだろうが、いきなり農家下げの他職業上げ発言を始めた。

「え？　そりゃ、士郎のところや、他は否定しないけど、俺の父さんと母さんは〝結局私たち社畜夫婦よね〟とかって言ってるけど？」

「うちのお父さんだって、旨味三昧が好きじゃなかったら続かないって、しょっちゅうぼやいてるよ。特に今は、どこかの研究結果がどうこうって言って、化学調味料が叩かれたりするから、営業先で嫌味言われて――って、文句言ってるし」

これに反応したのは、共働きの両親を持つ智也に、寺田食品勤めの父を持つ浜田。

どうやら自宅では親の愚痴を耳にしているようで、何がそんなに羨ましいのか理解ができないようだ。

「あ――。でも、言いたいことはわかるかも。勝の父ちゃん消防隊員で、伯父さんが外科医とかって聞くと、上級一家！　って気がする」

すると、ここで晴真がこの場にはいない勝の話を持ち出した。

子供からすると、彼の父親にしても伯父にしても、一言で「すごい」という印象を受ける職業なのだろう。大変さが理解しやすいのもある。

しかし、士郎としては、ここで安易に賛同をしてほしくない。

「だろう！　間違っても嫁探しや跡継ぎ問題で馬鹿にされることはないし。本当、塾でも〝え～。農家なの？　うちの父さん官庁勤めだよ〟とか〝うちは弁護士〟とかってニヤニヤされるしさ！」

晴真という味方を得た気になったのか、一叶がいっそう声を荒らげた。

ただ、彼が憤慨しているのは、家業の内容や勉強を強いられることだけではなさそうだ。

通いの塾に、相当嫌味な同級生がいる。

そこで変なマウントを取られていることが、家業下げに繋がっているのはわかった。

「何言ってるんだよ！　そんなのゴミ屋よりマシだろう!!」

すると、いつから側にいたのか、士郎のクラスメイト鈴木（すずき）広夢（ひろむ）が憤（いきどお）りながら話に入ってきた。

「広夢！」

「佐藤たちの家は、なんだかんだで、いっぱい土地持ってるじゃん！　お前の父ちゃん、ゴミ集めしてる貧乏人とかって、言われたことないだろう！」

話の最初から聞いていたのだろうが、それにしても見たことがないほど怒っていた。

どうやら一叶や一輝の愚痴を耳にし、自分の親の仕事に比べたら、農家のほうが全然いいじゃないかと言いたいのだろう。

だが、士郎の記憶によれば、広夢の父親は平和町の外れにある市のゴミ焼却場勤務で地方公務員のはずだ。

それも普段は焼却場内に勤めていて、専用車で回収する部署でもない。

それがどうしたら「ゴミ屋」やら「ゴミ集め」という言葉に繋がるのかが、不思議だった。

しかし、そこは士郎だからそう考えるのであり、ちょっとでも他人を貶めたいという意地悪な子供からしたら、全部一緒くたにして、そういう呼び方をするのだろう。

広夢の様子を見る限り、これに関するからかいを受けたのも、一度や二度ではなさそうだ。

とはいえ、愚痴ってすっきりするどころか、逆に不幸マウントでも取るように噛みつかれた一叶と一輝は、再び激高だ。

「土地なんてあっても、俺にいいこと何にもないし！」

「そうだよ！　毎食、野菜が切れることなく出てくるし、今日は買い物が間に合わなくて——って、ときでも野菜だけはドカンドカン出てくるんだぞ！　野菜だけの炊き込みご飯に味噌汁、野菜だけ炒めにお漬物！　せめて即席ラーメンで済ませようなんてこともなくて、もれなく野菜が入ってくるんだ。俺はウサギじゃねぇよ！」

一斉に反論するも、一輝から発せられた食卓事情には、さすがに周りも同情的だ。

この場に野菜嫌いな充功がいたら、間違いなく「拷問か！」と言うだろうし、樹季にいたっては、想像しただけで泣き崩れるかもしれない。

「でも……。僕はどんなお仕事をしていても、どんなご飯が出てきても、お父さんとお母さんがいるだけでいいな。あ、そういう話じゃないのはわかるけど」

それでも優音がぼそりと言うと、一叶や一輝、広夢はハッとした。

昨年の冬に両親を事故で亡くし、母親の妹夫婦に引き取られてここへ越してきた優音からすれば、内容がどうであれ両親の話ができるのは、羨ましいのだろう。

そして、それは優音だけに止まらない。

「まあ、そうだよな」

「あ……。ごめん」

「ごめん、優音。大地。——士郎」

広夢が頭を下げて言ったように、大地は父親を亡くしているし、士郎は母親を亡くしているからだ。

ただ、ここで素直に反省を見せた三人の姿を見た士郎は、ニコリと笑った。

「そこは、いいよ。言っても始まらないから。それより、今話したことって、本心？　まずは一輝くんや一叶くん。本当に先祖代々継いでいるような家業、農家仕事のことをそんなふうに思ってるの？」

いずれも落ち着きを取り戻せば、普段通り他人に気が遣える少年たちだ。

自身の暴走ぶりを自覚すれば、こうして反省もできるし、何よりそれをきちんと言葉にも態度にも表せるのだから、士郎自身は必要以上に責めようとは思わない。

むしろ、こんな形で聞くことになった親の仕事への不満や、職業差別的な意識を持っていることのほうが気にかかったくらいだ。

「だって――。俺たちが思わなくても、周りはそう思ってるんだろう」

「士郎が悪く思ってないことは、わかるよ。けど、俺。これまで将来の夢とかで、農家になりたいって書く奴を見たことがない」

一輝と一叶は、互いの顔を見合わせながら、自身の考えを口にした。

やはり、テレビやネットで見聞きする、世間からのイメージを鵜呑みにしているのだろう。

かといって、アンケート結果などを見た場合、確かに将来農家を夢見る子供は少なそうだ。

それこそ男子ならプロのスポーツ選手や医師、ゲーム制作や、以前智也が将来の夢として語ったユーチューバーなどがトップテン内にくる。

また女子のほうも医療関係や保育士、イラストレーターやパティシエといった職業人気が根強く、農業や水産業のランクインは男女ともに見たことがない。

「うん。そうだよ。浜田たちだって、将来農家のお嫁さんになりたいかって聞かれたら、論外だろう？　医者とか弁護士のお嫁さん――なんて、いかにもってことは言わなくても、農家って、聞かれなかったら頭にも浮かばないだろう」

「……うん。そりゃね」

「親族に農家さんっていないから、ピンとこないかも」

一輝に聞かれて、浜田と朝田は困った風に、しかし正直に感想を口にした。

「うちは逆。お母さんの親戚が農家さんで、お野菜やお米と一緒に、強烈な苦労話も聞かせてくれるから、三奈みたいなダラはそもそも無理」

「私は自分のなりたい仕事のことを考えても、結婚相手の職業なんて考えたことないよ。というか、今から将来はお医者さんのお嫁さんになりたいの——って子が周りにいたら、引くよ。私はだけど、友達になれないと思う」

また、水嶋は身内から苦楽を聞いた上で首を横に振り、柴田にいたっては、そもそも嫁入りは就職ではないという考えをすでに持っている。

「ほら。意見は別でも、好んで農家になりたい子なんて、相当珍しいってことだよ。俺だって、気がついたら塾三昧だったけど、将来何になりたいって書くときに、農家って書いたことは一度もない」

「なら、なんて書いてたの？」

「ドラゴンソードの勇者。でもこれは、幼稚園の時だからな！」

それでも、家業は嫌だと言いつつ、明確な夢があるわけではないらしい。

士郎は、一叶の「勇者」を聞いて、ちょっと笑ってしまった。

しかし、園児の頃ならそんなものだろう。

「そうか。でも、そうやってちゃんと将来の仕事のことを考えてるって、一叶くんも一輝君もすごいね」

　士郎は、改めて二人に感心して見せた。

「「え？」」

　すると二人揃って驚いている。

「農家さんの仕事が大変だって、実際に知ってるからテレビやネットで見聞きしたことをそのまま納得しちゃったところはあるんだろうけど。でも、将来ちゃんと自分が働くことを前提にして、話してるでしょう。一生遊んで暮らすのが夢――っていう感覚じゃないのはわかるから、そこは偉いなって。うん、すごいよ」

「「士郎！」」

　どういう理由だろうが、一輝と一叶は士郎に褒められたことが嬉しかったのだろう。

　それこそ双子のような息の合いかたで、名前を呼ぶと同時に抱きついてきた。

　これに晴真たちは「あーあー」「やれやれ」と言ったふうだが、広夢だけは先ほどから表情を変えることなく、黙ったままだ。

　なので士郎は、一輝と一叶を「はいはい」で離すと、今度は広夢のほうに視線を向けて話を続けた。

「ただ――ね。お仕事って、どんな職業であっても、僕たちがこうして毎日生活をしていく上で必要だから存在しているし、成り立っていることだと思うんだ。特に生まれたときから電気や水道、ガスや食料が普通にあった僕らにとって、ある日突然ライフラインやインフラ整備が止まったら。これに関わる仕事をする人たちが〝きつい、嫌だ〟って言ってやらなくなったら、いきなりサバイバル生活だよ」

広夢の父親の仕事、生活インフラに通じる話を、できるだけわかりやすく説明し始める。

「たとえば、数日電気が使えない、ネットが繋がらない程度なら、まだどうにかなるかなって思う。実際に停電は経験したことがあるし、体験キャンプもしているから、凌ぎ方もわかる。けど、水が出ない、トイレが流せない状態が一週間、一ヶ月以上続くって想像したらどう？」

いきなりゴミ回収の必要性を語ってもどうかと思ったので、まずはライフラインから入った。

「広夢くんのお父さんの仕事は、これと同じだよ。ゴミ回収がなくなったら、町も家もゴミだらけになる。どんな仕事がカッコいいとか、言ってる場合じゃないくらい、ゴミだらけになる。そりゃ、農家さんなら生ゴミから堆肥を作ったりして、どうにか処理できるかもしれない。けど、それだって燃やせないゴミとか粗大ゴミはどうにもできない。ゴミを出さないようにするって、心がけても限界はあるでしょう」

ゴミだけでは想像が追いつかなくても、トイレが流せない状況と重ね合わせられれば、誰もが「それは大変だ」と理解できると考えたのだ。

「――うん。そうだよな」

「トイレもゴミも処理できなかったら、すごいことになる」

それぞれがどんな想像をしたのかは、わからない。

しかし、大地や智也は顔を引きつらせていたし、浜田たちなどは両手で顔を覆っている。

よほどひどい状態を思い浮かべたのかもしれない。

「人間だって、トイレができなくなったら、身体にその毒素が回るようなことになって、長くは持たないからね」

だが、士郎はさらにゴミ回収仕事の必要性を印象づけるために、人間の身体そのものにも置き換えて例えた。

「え！　そうなの⁉」

「そうだよ。だから、うんちやおしっこを出すって、すっごく大事なことだよ。学校では出せないとか言ってる場合じゃないから、みんなトイレでからかうのは止めようねって先生たちも言うんだよ。重い病気や事故でなくても、人間は身体から出すべきものが出なくなって、それが毒になったら死んじゃうからね」

ここはついでに話を足したのもあるが、この手のトイレ問題は小学校でも定期的に話題に上がる。

そのたびに先生たちも説明をしたり、トイレ自体も常に綺麗に保たれるようにしていたりなどの努力をしているが、からかう者が現れる限り、恥ずかしがって我慢する者が出てしまう。

なので、これに関しては、士郎もはっきりと言うことにしていた。

排泄はしないと、できなくなっちゃうと、命に関わるんだよ——と。

「おトイレ大事」

「うん。恥ずかしいとか言ってられない」

これには浜田たちのほうが反応していた。

やはり、からかわれると恥ずかしくなり、我慢しがちだからだろう。

「そっか。本当。どんなお仕事も大事だよな」

そうして大地がしみじみ言って、頷いた。

「——ね。だから広夢くんのお父さんだって」

「ごめん。士郎がどんな人でも、仕事でも、馬鹿にしないのはわかってる。けど、そうやって言えるのは、やっぱりお父さんが人気アニメを作っているような作家さんだからだと思う」

しかし、どんなに周りが理解し、納得をしても、当の広夢自身が目をそらしては意味がない。

「広夢くん？」

「士郎も、みんなも、一度でもゴミ息子とかって言われたら俺の気持ちがわかるよ！　お前の父ちゃんド底辺とか。言われてみたらわかるよ!!」

驚く士郎に向かって叫ぶと、広夢はその場で身を翻して、走り去ってしまった。

「あ、広夢！」

智也が声を上げるも、いつもと違って人の多い公園内では、後ろ姿さえすぐにわからなくなってしまう。

こうなると、先に仕事話のきっかけを作った一輝や一叶も、顔を見合わせて「どうしよう」となる。

ただ、ここまで頑なな広夢を見るのは、士郎も初めてで――。

自分が知らない、気づかないところで、親を貶めるようなことをしつこく言われ続けるようないじめを受けていたのか、かえって気になり始めた。

「誰か、そんなこと言ってたの？」

「わからない。広夢と同じクラスになったのって、今年が初めてだし」

士郎が聞くと、その場にいた子供たちは首を傾げ、横に振り、これを見た大地が代表で答える。

「けど、いじめっぽくなってたら、噂くらいは聞くだろうから、大勢で――とかではないんじゃないかな？　広夢くんの周りに、そういうことを言う子が何人かいるとか？」

「うん。さすがに、今のクラスや同学年にいるとは思えないけど。近所とか、学年が違うとかでいるのかもね」

少なくともクラス内において、そういったことはないだろうというのが、水嶋や智也の意見だった。が、ここで一叶がハッとして声を上げる。

「あ、もしかしたら宗我部たちかも」

「——誰？」

「塾で一緒の奴。同い年だけど、私立の一貫校に行ってるから、みんな知らないと思う。俺のことも、しょっちゅう農家農家って馬鹿にしてきて。たまに仲間と一緒になって、隣の家の父親がゴミ収集やっててさ——とか話してたから。確か、そいつの家が広夢と同じ旧町だから。うん。間違いないと思う」

一輝に聞かれ、一叶が憤慨しながら説明する。

確かに、小学校からの一貫校に通っている生徒では、町内が同じでも、顔と名前が一致しない子供がいても不思議はない。

ましてや相手が広夢の家の隣人なら、旧町でも奥のほうだ。新町の入り口に住む士郎とは、大分離れたところに住んでいる。

そこへ幼稚園も別となれば、公園や施設などで見かけていても、わかりようがない。

（宗我部——くん？）

士郎は以前、栄志義塾側から模擬試験の無料招待をされて、最寄りの教室へ行ったことがあった。

そのときに、同じ教室でテストを受けていた何十名という生徒の中には、一叶もいた。

その場に絞って記憶を探ると、休み時間にちょっとした会話が耳に入り、その中に宗我部という名字があったことを思い出す。

（あ――。あの子か。確か、仲の良さそうな子、三人と話をしてた）

お世辞にも優しそうな子とは言いがたい言動の男子だった。

休み時間には、わざと机に腰を掛けて、行儀も悪い。

何より、自信過剰で上から目線で話していた姿が、どんどん脳内に映像として浮かんでくる。

（――ゴミ息子にド底辺か。確かにあの子なら言うだろうな。というか、あのときも学校の友達かな？　下げまくり発言で、仲間と盛り上がっていたから）

士郎はため息と共に、肩を落とす。

「うわっ。自分も家もカースト上位って感じなのかな？」

晴真が大げさなくらい嫌な顔をして訊ね、これに一叶が頷く。

「父親が会社の社長だって。仲間の親もそんな感じ？　とにかく息をするみたいに自分上げ、他人下げをするから、塾でも敵か味方しかいない感じの奴らだよ」

「でも、もしそうだとしたら、広夢くんも運が悪いよね。そんな嫌なご近所さんとか、子供じゃ選べないし、逃げられないよ。親同士に付き合いがなくても、子供同士って意外とばったり会ったりしちゃうでしょう。そういう子に限って、親の目を盗んでいじめたりするのが得意だったりするしさ」

「だよね」

朝田や水嶋も状況が想像できるのか、広夢に同情的だ。

すると、これを聞いていた一輝と一叶が顔を見合わせてから、士郎たちに向かって頭を下げた。

「――ごめん。俺たちが愚痴ったせいで、お祭りなのに楽しくなくなっちゃって」

「そんなことないよ。お祭りはこれから楽しめばいいんだし、愚痴なんて私もしょっちゅう言っちゃうもん」

「そうだよ。あ、そしたら俺、広夢を連れ戻しに行ってくるよ。きっと、今頃しまった！　士郎に八つ当たりしちゃったよ！　って、半べそをかいてると思うから」

だが、子供同士で愚痴を言うのは、お互い様だ。

浜田が明るく返すと、大地は広夢を連れ戻しに行くと言って、挙手をした。

二人とも、以前士郎に散々親の愚痴を言ったので、広夢のことが他人事とは思えなかったのだろう。

　だからこそ、一輝や一叶の愚痴も真摯に聞いていたのだから――。

「あ、大地くん。そうしたら僕も一緒に行くよ。士郎に八つ当たりしたあとの、その泣きたい気持ちがわかりすぎるから」

「うわ～っ。星夜、それはしゃれにならない！　でも、きっと広夢にはすっごく慰めになると思う！」

　そうして大地に星夜が同行し、広夢のあとを追いかけた。

「一輝くんも一叶くんもゲームに参加しなよ。あ、今からカラオケ大会みたいだよ。今日はもう、塾もお手伝いもないいんでしょう」

「え～。カラオケ～？」

「そうそう。みんなで歌いに行けばいいじゃん！　あ、樹季くんたちも誘って、にゃんにゃんとかなら、きっと盛り上がるよ！」

「あ、それはいいね。賛成！」

　一輝と一叶は、浜田の提案もあり、これからお祭りを楽しむことになった。

　愚痴も吐き出しきったようだし、士郎はひとまず安堵する。

「僕は獠くんを呼びに行ってくるね」

「はーい」

その後は、いったん彼らから離れると、士郎は繚を探して公園内を歩いた。

しかし、里親会はすでに終わっていたのか、女の子たちの姿はなく、子猫を抱えた人たちが隅で話をしているだけだった。

(繚くんは――? あ、いた)

今一度辺りを見回すと、繚は公園から出たところにシロウを抱えて立っていた。

どうやら電話中のようだ。スマートフォンを手に、話をしているのが見える。

(ん?)

ただ、士郎はこの様子が気になった。

繚の表情が優れないので、何か問題でも起こったのかと、心配になったからだ。

思わず目を細めて、彼の口の動きを追った。読唇(どくしん)をしたのだ。

(――乱(らん)さん?)

どうやら電話相手は、栄志義塾の特待生仲間であり、トップに君臨(くんりん)している高校生のようだった。

本人からは「乱」という名前しか聞いたことがないが、繚が尊敬している。それこそ栄志義塾の教師にも進言できるだけの信頼や立場を持っている人物だ。

士郎からすれば、漢字こそ違えど、母親と同じ名前を持つ者なので、話題に上がる度に気にはなっていた。

向こうは向こうで、一度は特待生候補に上げられた士郎を気に掛け、寧を通してこちらを窺っている気はしないでもないが。

今のところ、直接何かをされたことはない。

（――マザーコンピュータから、士郎のデータが探られた形跡を見つけたって、どういうことですか――？　え？　僕のデータ？）

話を読むうちに、士郎の眉間に皺（しわ）が寄る。

いつしか士郎の表情は、電話中の寧と同じように優れないものになっていた。

4

電話を終えたところで声を掛けると、獠の表情は普段どおりに戻っていた。

しかし、「急用が入ったから」と、申し訳なさそうに帰宅を伝えてくる。

「そうなんだ。残念。そうしたら、ケージを取りに行かないとね」

「ああ。また機会があったら、来させて。シロウはやっぱり、ここが好きみたいだからさ」

「――うん。いつでもどうぞ」

士郎はひとまず充功を探して、一度帰宅してくることを伝えた。

そして、このことを晴真たちにも言っておいてと頼んでから、獠と一緒に家へ戻る。

そこからは颯太郎が車で駅まで送ってくれて、獠とシロウは笑顔で帰って行った。

士郎は電話の内容を気に掛けつつも、

(まあ。獠くんのことだから、何かあれば、すぐに知らせてくるよね。特に注意が必要な場合は――)

繚が見た目に反してマメなことがわかっていたので、あえて詳しく電話の内容を聞くことはしなかった。

それに、栄志義塾にある士郎のデータといえば、これまでに受けてきたテスト結果や、招待されて参加したときの強化合宿の様子やそのときの成績ぐらいだ。

あとは、会社同士で提携があるというラブラブトーイという玩具会社に残した伝説のムニムニ使い・はにほへたろうのゲーム記録。

だが、これに関しては、アーケードゲームで出した記録なので、士郎自身と紐付けされることはない。

また、合宿中のデータに関しては、士郎自身が栄志義塾のシステム自体をいまいち好きになれず、自分から特待生候補から外れるようにテストの答えを調整した。

その上、ホームシックにかかったと見せかけて、合宿自体を途中離脱をするという芝居がかったことまでし、結果的には候補生から外されるという不合格を勝ち取った。

そんなデータしか残っていないので、成績を見られようが分析をされようが、第三者に本当の士郎の能力や性格はわからないようになっている。

とはいえ、どこかで誰かが自分のことを気にしている。

調べようとしているというなら、これはこれで気持ちのいいものではない。

用心するに越したことはないので、そこだけは気に掛け、注意を怠(おこた)らないようにしようと思った。

その日の夜のこと――。

「あーあ。三人ともぐっすりだね」

帰宅後、お風呂に入って夕飯を終えると、士郎はリビングのソファで眠ってしまった樹季と七生、武蔵とクマの縫いぐるみに、それぞれタオルケットをかけた。

すでにパジャマに着替えているし、寧が「今夜は和室に寝かせちゃおうか」と言っていたので、あとで二階から敷き布団だけを持ってくることにする。

(クマさん?)

ちなみにクマから、これといった念は響いてこない。

かといって、祭りは明日もあるので、氏神がクマから抜けて帰ったとも思えない。

なので、きっと一日中武蔵たちに代わるがわる背負われて、はしゃいで疲れてしまって、一緒に眠ってしまったのだろうと考えることにした。

実際、神様が疲れて眠ることがあるのかどうかは、聞いたこともなかったが――。

「今日は朝から出かけていたし、お昼やおやつも予定以上にもらって食べていたらしいからね。いろいろ満足して、残りは睡眠欲求を果たすだけになったんだろうね」

「そうだね」

キッチンでは、あと片付けをしながら颯太郎と寧が笑っていた。

ダイニングテーブルでは双葉と充功が食後のコーヒー、紅茶を準備しながら、祭りであったことなどを報告し合っている。

「あ、そうだ。少し話を聞いてもらってもいい？」

士郎がそう言ってダイニングテーブルへ着くと、真っ先に充功が身を乗り出した。

「何？　どうした。やっぱりあれから、もめるか何かしてたのか？　広夢だっけ？　いきなり俺に謝ってきたのって」

一輝と一叶がワーワーやっていたのは、充功も双葉も見ていたので、話は早い。

士郎は、あのあとに二人から聞いた愚痴の話、そしてさらにそこから広夢の愚痴が加わったことまでの説明をした。

ちなみに大地と星夜があとを追いかけたことで、広夢は戸惑いながらも祭りに戻っている。

士郎が急用で帰ってしまったので、八つ当たりしたことを謝れなくなり、大分悔いていたという。

それで反省していたことは、大地たちがメールで報告してくれたし、あの場に残っていた充功を介して「ごめんなさい」とも言付けられていた。

そのため、ここで話を始めても、充功からの印象は悪くなかった。

むしろ、家の都合で芋掘りやら塾やらで夏休みを潰されている一輝と一叶には同情的だったし、広夢に至っては「全部、その嫌味野郎が悪いだけだろう」と寛大だったほどだ。

ただ、それはそうなのだが――。

士郎がここで相談したかったのは、そういうことではなかった。

周りやテレビなどで見聞きしたことに影響を受けて、彼らに悪気なく職業差別が身についてしまっていることだった。

「でも、謝ってたぐらいなんだから、士郎のトイレ話で、一応は理解してるんじゃねぇの？　自分の父親が、世の中になくてはならない仕事をしているんだってことは」

「それはそれで、これはこれだと思う。理屈ではわかっていても、感情が邪魔をするみたいなのってあるでしょう。仕事をカッコいいとか、そうじゃないっていうイメージ感覚で振り分けてしまっているから、そこをどうにかできないかなって」

士郎が本題に入ると、寧がキッチンから出てきて、席へ着いた。

颯太郎は、まだ朝食分の準備をするのか、シンクでお米を研いでいる。

「けどよ。そればっかりは、すでに植え付けられたイメージの問題だから、他人がどうこう言っても無駄じゃね？　特に広夢の場合は、一輝たちみたいに家業ってわけでもないから、職場で父親がどういう仕事をしているのかも、見てないんだろうしさ」

充功が士郎に意見をしつつも、サーバーに入ったコーヒーをカップに注いで、寧へ差し出した。

寧は「ありがとう」と言って受け取りながら、話に参加する。

「うーん。そもそも、どんな仕事なのか、実際を知りもしないで、きっとこうだろうって決めつけているのが問題だよね。そのイメージがよくても、悪くても」

「うんうん。父さんの仕事だって、聞こえはいいかもしれないけど、締め切り前の変貌ぶりなんて、超ヤバいしさ」

すると、ここで寧の話を引き継ぐようにして、紅茶を飲んでいた双葉がさらりと言った。

あまりに自然な発言だったからか、誰も気にしない。

颯太郎だけは米を研ぐ手を一瞬止めたが、真剣に話を進める士郎たちには、わかりようもなかった。

「それは父さんの仕事に限らねぇだろう。結局、どんな仕事であっても、蓋を開けてみないことには、何がどう大変なのかもわからねぇだろうしさ」

「だよね。俺だって、同じ社内であっても、他部署の仕事まで熟知しているか？　理解しているかって聞かれたら、わからないことばっかりだ。けど、だからこそどんな相手に対しても、また仕事に対しても、敬意を持って接するってことが大事なんだと思うし」

そうして寧が、社会人として実感していること、また心がけていることを口にした。

士郎はこれに身を乗り出す。

「うん。僕もそれが言いたかったし、みんなに理解して欲しかったんだ。どんな仕事に対しても、まずは自分の物差しで見ない。すごいだとか、カッコいいだとか、そういう個人的な感想にまでどうこう言うつもりはないけど。だからって、自分がそう思えない職種や仕事をしている人に対して、蔑むようなことを言ったり考えたりっていうのは、違うと思うから」

「まあ、だとしても。今日のは、自分の親のことだから言えたんであって、さすがに奴らも友達の親の職業に対して、下げるような発言はしないだろう。羨ましいとかは言えても、その宗我部とかって奴みたいに、悪口全開はないだろうからさ」

士郎が胸の内を吐き出すのを受けて、双葉がニコリと笑って見せる。

言われるまでもなく、それはそうだった。

「確かに。自分の家のこと、親のことだから悪く言えるっていうのも、甘えのひとつだろうからね」

双葉に同意しながら、炊飯予約を終えた颯太郎がキッチンから出てくる。

「甘え？」

そうして、いつにも増してキランキランな笑顔を浮かべて、颯太郎も席に着く。

用意されていたカップにコーヒーを注いで、

「締め切り前に父さんが豹変するとか――ね」

今夜はウインクのオマケ付きだ。

これには一瞬で双葉の背筋がぴしりと伸びる。

「あ！　ごめん!!」

「俺も、さらっと聞き流してた。ごめん、父さん」

「ごめんなさい！」

寧や士郎も一緒になって謝罪した。

「ご、ごめん。でも、嘘じゃないだろう。ようは、外から見た職業イメージと、実際の仕事姿と、目の当たりにするとまったく別物ってこともあるしな――って、言いたかっただけだし。だからこそ、自分が持っているイメージだけで、職業差別的なことを考えるのはどうなんだよって、話なんだからさ」

だが、聞き止めていたにも拘わらず、賛同していた充功は「失礼しました」と頭こそ下げたが、自分の意見はしっかり言った。

これには颯太郎も「まあ、そうだけどね」と同意するしかない。

双葉に言われてしまったことに、殺気だったときの自分を振り返って反省をすることはあっても、怒ることはないからだ。

ただ、親の立場から見れば、双葉も他人のことならあそこまでさらっとは口にしない。

言うならもっと自覚を持って言うだろうし、表現も変えるだろう。

思いつくままポロリと出たのは、やはり親子だからに他ならない。

それこそ一輝や一叶、広夢と同じだ。

颯太郎は、それを士郎たちに言いたかっただけなのだ。

「あ、ねぇ士郎。いっそ、夏休みの自由研究を職業体験にしてみたら？」

すると、ここで寧が思いついたように提案をしてきた。

「職業体験？」

「うん。いずれは学校でもやるだろうけど。せっかくみんなで仕事についての話し合いをしたんだから、それぞれの考えとは別に、身近にある仕事について、見たり聞いたり。なんならお手伝いがてら経験したりしたら、また違ったイメージや感想が出てくると思うんだ」

寧はこれまでの話から、極力士郎の気持ちに添える形を探していたようだ。

コーヒーの入ったマグを両手で包みながら、双葉や充功にも「どうだろう」と問うように目線を送る。

「もちろん、士郎が本当に理解してほしいのは、仕事のイメージがどうこうではない。どういった職種であっても、お父さんやお母さんは一生懸命に働いてみんなを育ててくれているってことだろうとは思うよ。それを自分から悪く言ったりするのは、どうなの？　むしろ、他人から悪く言われたら、腹を立てて怒り返していいんじゃない？　ってことかなって」

「うん。そう！　僕がモヤモヤしていたのって、そこだと思う。これは僕の考えであって、強制できることでないのはわかってる。けど、やっぱり親の仕事を馬鹿にされたら、まずはその相手に怒りなよ。それを馬鹿にされるような仕事をしている親が悪いって考えるのは違うでしょうって感じたんだ。結局、どこかで自分の親や仕事を下げて見ているから、反論にも繋がらないいんじゃないかなって思えて――」

　士郎は、自分の気持ちを正しく理解し、受け止めてもらったことで、あの場では言葉にできなかった憤りを、ようやく吐き出した。

　しかし、ここで話をしたことで、また何の気なしに発しただろう双葉の言葉や、それを受け止めた颯太郎の考えに触れることで、士郎はあの場はいったん呑み込んでよかったと心から思えた。

「場合によっては、言い返せない相手だったり、状況だったりして、怒りの矛先が親に向いた。でも、だからって、それを親に直接言ったかどうかはわからないし、言ったとしても、それはそれで親子だからこそ言える甘えなんだっていうのは、僕も考えなかったから――。うん、あそこで僕まで爆発しなくてよかったよ」

「――だよな。勘のいい奴なら、トイレの例え話を持ち出されたところで、やばい！　説教モードだって思っただろうし。何より、結局愚痴った三人は、みんな謝ってたんだから、お前が堪えた気持ちは通じてるだろう。だからって、いきなり親に都合のよい子ちゃんには、ならないだろうけどさ」

充功には、思いきり茶化されてしまったが、言っていることは正しかった。

何かにつけて、士郎が言いたいことを我慢する場面は少なくない。

だが、いったん相手の感情を受け止め、慎重に言葉を選んで返していくことで、大事にならない場合は、圧倒的に多い。

相手にも「士郎が怒ったときには最後だ」という認識があるのは確かだろうが、同時にひとまず言い分を聞いてくれることへの信頼度が高い。

その時点で自分にも反省すべきことがあれば、指摘をしてもらって気付ける。

また、正してもらうことで、謝れるチャンスがあることも、子供たちは感覚的に理解をしていた。

それこそ戻ってきた広夢が謝ってくれたように、士郎の我慢や努力は報われる。

結局、士郎自身がそうそう爆発せずに、聞く側に徹することができるのは、こうして結果オーライになってきたからだ。

「そうしたら、まずは職業体験をさせてくれるところから探さないとな。参加者自体は、士郎が一声掛ければ、ある程度集まるんだろうけど」

話が落ち着いたところで、双葉がテーブル上にスマートフォンを出してきた。

これに倣い、充功も自分のそれを手に取った。

すると、最初に話を切り出した寧が、一輝の家を候補に挙げた。

「それなら、最初にお手伝いで遊べないって言っていた一輝くんのお家とかは？　農家さんなら、何かしら手伝えそうなことがあるかもしれないし。仮に、芋掘りだって売り物となったら、技術がいるんだよってことなら、雑草抜きをするとか――」

寧は家の中でスマートフォンを持ち歩くことはないので、その手には今もコーヒーマグが握られている。

「それはいいね。一輝にしたって、士郎たちが一緒だったら、同じお手伝いでも少しは楽しくできるかもしれない。何より、夏休みの自由研究っていう目的なら、一叶の親も快く行かせてくれるかもしれないし。まあ、それでも塾のほうは、さすがに休ませてくれるかどうかはわからないけど――」

「いや、そこはもう、父さんから直接〝一日、二日でも駄目ですかね？〟って、聞いてもらったらいいんじゃん？　それに、どんな進学塾でも、さすがに一日くらいは休みの日や、半日空いてるとかって日があるだろう」

双葉と充功が寧の意見に賛成をした。

これらを受けて、士郎が颯太郎に視線を向ける。

「お父さん」

「いいよ。まずは佐藤さんたちに連絡をして聞いてみるよ。ただ、寧が言うように、田畑にあるのは売り物だし、旦那さんの邪魔になるようなことだけはできないから。あくまでも、子供たちが問題なく手伝えることがあればっていう、前提で聞くけどね」

そう言って席を立つと、颯太郎は自分のスマートフォンを手に取りながら、リビングに置かれた電話の子機を握りしめた。

個人情報の関係で、学校から連絡網のようなものは配布されていないが、颯太郎のアドレス帳には、子供の同級生の親なら、大概の連絡先が登録されている。

毎年同じクラスになった子供の番号を控えているだけでも、三年、四年経てば、一学年は制覇（せいは）できるだろう。

それが寧から武蔵の分まで控えてあるのだ。士郎から見ても、ものすごい数の情報量だろうと思う。

何せ、これに町内会や仕事関係、プライベートが足されるのだから。

「うん。それは、もちろん。駄目なら他を探してみるし。ただ、もし許可してもらえたら、その際何人くらいまでなら参加できるかってことも、確認してもらえたら嬉しいかも。多分、やるってなったら、それなりに参加したい子たちがいると思うから」

「了解」

颯太郎は快く引き受けると、すやすやと寝ている樹季たちを気にしたのか、いったん廊下へ出ていった。

「――ってかさ。職業体験をさせてくれそうなところって、他に何があるんだ？」

それでも、佐藤家からどんな返事が来るかわからないので、充功は引き続きスマートフォンで情報を集めた。

「この辺りなら、自営業？　自宅店舗で営業しているところや製造業？」

「公の施設とかインフラ系って、見学だけでもさせてくれないのかな？　とりあえずダメ元で問い合わせだけでもしてみる？」

双葉もそれっぽいワードで検索をかけ始め、どんな職業なら比較的に見学を受け入れやすいだろう？　やはり企業よりは個人のほうが？　などと、相手の立場からも考えて、探してくれる。

「どうしても、近場に体験できそうなところがなかったら、そういった専門の体験施設もあるしな。まあ、士郎の目的を考えるなら、誰かの両親の職場で体験するっていうのが、ベストだとは思うけど」

そうして双葉は、子供用の職業体験施設を画面に出して見せた。

有料の施設内で、いくつもの職業をシミュレーションできるタイプだ。

しかし、これはレクリエーションか社会の授業のようで、士郎がみんなと実体験し、感想を分け合いたいものとは違う。

　できれば楽しさよりも大変さを見聞き、経験し、その上でどんな仕事も仕事なのだということを心身から理解したいからだ。

「――士郎。どちらの佐藤さんからも、ＯＫが出たよ」

　すると、ここで吉報（きっぽう）を持って、颯太郎が戻ってきた。

「本当！」

「ああ。多少の失敗はあってもカバーできるし、それより農業に興味を持ってもらえることのほうが嬉しいから、大歓迎だって。普段と同じ仕事を体験させてあげられるって」

「やった！」

　どうやら颯太郎は、士郎の希望をきちんと理解した上で、佐藤両家に話をしてくれたようだ。

（普段と同じ仕事を体験――理想的だ！）

「よかったね、士郎」

「うん。ありがとう、お父さん」

　寧たちにも安堵してもらい、士郎は嬉々とした目を颯太郎へ向ける。

「ただ、何かあってからでは遅いから、何人かでいいから保護者が同伴してもらえたら助かる――とは言われた。それさえあれば、人数はこちらの都合で大丈夫だって。だから、参加者が決まったら教えてね。保護者が同伴できるかどうかも確認してみて。あとは、メンバーが決まったら、父さんからもきちんと連絡をして、お礼の相談なんかもするから」

そうして職業体験の内容が、保護者を含めた形でも決められていく。

こうしたところで、士郎はいつも自分たちがまだまだ子供だということを実感する。

大人の庇護の下で生活しているし、守られている。

すべてを当たり前のこととして見逃してしまうと、感謝が薄らぐ。

そうして感謝が薄らいでいった先にあるのが、親しき仲にも礼儀ありの破綻だ。

家族は情が深く、強いだけに、こじれたときの反動も大きい。

だからこそ、颯太郎は子供を相手にするときにも感謝や礼儀を大事にするし、そうして育てられた士郎たちも同じ思いを返していく。

士郎が颯太郎や蘭から教えられたことで、最も重要視しているのは、やはり「どんなことにも当たり前はない」ということだ。

特に士郎は、見聞きしたものをそのまま記憶してしまうので、一つの物事を一つの角度だけから見たことがすべてだ、それが当たり前なのだとは思わないようにと言い聞かされてきたのもある。

「あ、そうか――お礼。何から何まで、ありがとう。お父さん」

「どういたしまして」

「え！　僕も。僕もそれ、一緒に行きたい！　佐藤さんちのお手伝い！」

――と、ここで樹季が声を上げた。

「俺と七生とクマさんも!!」

「えったんよ～！」

いつの間に起きていたのか、話もしっかり聞いていたらしい。

武蔵など七生どころかクマまで連れて行きたいと言い、七生にいたってはエリザベスも一緒に行くと主張した。

先ほどかけていたタオルケットを抱えて、お尻をフリフリしながら、お強請りだ。

「――え」

「まあ、そうなるよな」

「けど、樹季たちもってなったら、専用の子守付きで行くことになるよね」

士郎が樹季たちの連帯感のよさに呆気にとられていると、双葉と寧がクスクスと笑い始める。

「とりあえず、行くのが平日なら家からの保護者は俺になるんだろうから、付き合える奴を募集するよ」

「お邪魔する時間によっては、お弁当もいるかな」

すぐに対応――とばかりに、スマートフォンを弄り始めたのは充功。

　こうなると寧も、樹季たちまで一緒に農業体験へ行くことになるだろうことを前提に、より詳しく予定を立てていく。

「あ、佐藤さんから、収穫したものでバーベキューでもして、その場で食べましょうって言ってくれたから。参加者の保護者で、肉や魚を差し入れるようにするよ。あとは、アレルギー持ちの子がいたら、その対応だけはお願いしますってことだったけど」

「わ！　それはいいね。よかったね、士郎」

　しかし、この場で寧が考えるくらいだ。佐藤たちと颯太郎は、すでに当日の流れを打ちあわせ済みだ。

　だが、ここで士郎が「え!?」と、再び驚きを口にする。

「いや、待て！　そうなってくると、職業体験がどんどん芋掘り遠足みたいなレジャーにならねぇか？」

　先に充功が言ってくれたが、まさに「それ！　そこ!!」だったからだ。

「佐藤さん的には、農業の酸(す)いだけでなく甘いも知ってもらわないと、ますます嫌われちゃうからって、笑ってたよ。それに、収穫したての野菜の味に感動して、一人でも〝将来こういう仕事もありだな〟って思ってくれたら、万々歳(ばんばんざい)だし。何より、誰かがこうして作っているから、毎日食事ができるんだってことを実感してもらえたら、それが一番嬉しいからって」

こうしたところまで、颯太郎たちは見越していたようだ。

特に佐藤たちの「酸いも甘いも」発言は、言い換えれば「飴と鞭」だろう。

本当に普段からの作業労働を体験させるとなったら、その後のフォローは必要不可欠という自覚があるのだ。

士郎は、納得しつつも、これはこれで使えるなと、利き手を握りしめる。

「なるほどな。でも、まあ。そういうことなら、俺も声が掛けやすいよ。士郎もきょうだいで来られる奴は、下を連れてきてもいいぞって言ってやったら？　ちびっ子の人数がわかったら、俺のほうでマンツーマンで見られるように、メンバーを調達してやるし。祭り準備のときと同じ感じになるんだろうけどさ」

しかも、ここへ来て充功が神対応を見せる。

普通なら考えつきもしないだろうし、考えついたところで、子守対象が増えるなど面倒くさいだけだろう。

それをさも当たり前のように話す充功は、やはり頼れる三男であると同時に、夏休みに入ってからの各家庭の事情にも理解があった。

それこそ日々の生活に「うわぁぁぁっ！」となっている親のストレスから、夏休みだからといって、思うようには楽しめてなくて「つまんなーい」となっている子供たちまで、たくさん見てきたからだろう。

同時に、充功の声かけに喜んで参加をする同級生たちがいるということは、時間を持て余しているのは、何もちびっ子たちだけではないということだ。

「ありがとう。助かる」

士郎は充功の好意に対しても、決して当たり前ではないことを噛みしめながら、心からの感謝を伝えた。

充功は照れくさそうにしながら、「抱っこ～」と両手を伸ばしてきた七生を抱き上げて、膝へ座らせる。

「そうしたら、まずは体験案内のルールを決めて、明確にしないとな。基本がブレると、勘違いをして集まってくる親子が絶対に出てくる。町内の子供会行事と間違えて、勝手に子供を置いていく親が出てくるとも限らないからな」

そこからは一家揃って、佐藤両家への農業体験の日時から内容、当日の約束事などの意見を出し合い、決めていった。

樹季や武蔵、七生は一緒にいても「うんうん」と相づちを打っているだけだが、それでもニコニコ、ふへへへっと笑って側にいるだけで士郎は癒やされた。

だが、こうした弟たちの態度や可愛さもまた、当たり前ではない。

子供たちを全身全霊で愛して、躾けてきた両親と寧たち。

また、これを素直に受け止めて身につけてきた弟たちありきだな――と、しみじみ実感するのだった。

＊＊＊

その日にうちに農業体験の日程やルールをまとめた士郎は、普段から使用しているインターネットブログ士郎塾にて、参加希望者募集の告知をおこなった。

ブログ自体はパスワード制なので、普段から勉強相談や士郎手製の問題集で自習をしている子供たち以外の目に触れることがない。

こうした内々の連絡に使用するのには、丁度よいからだ。

また、利用者とはすでにメールアドレスを交換しており、ブログコメントでもやりとりができるので、あっという間に参加希望者や保護者の協力の有無(うむ)の知らせが、士郎の元へ集まる。

そして、話を聞いた保護者同士でもメール連絡が回ったようで――。

翌日、士郎が公園へ出向くと、想像もしていなかった協力表明が子供たちを通して寄せられることになった。

「え！　そうしたら、和菓子屋の増尾(ますお)さんとパン屋の岡田(おかだ)さん、そこにパティシエをしている優音くんの叔母さんが講師になって、自治会館で菓子パン教室を開催してくれるの？

それ、どういうコラボ？」

「うん。なんかね。バラバラで和菓子、パン、洋菓子の教室ってなったら大変だけど、大人三人で協力したら、ちょっとくらい子供がたくさん来ても対応できるし。何により餡子とカスタードクリームを具にしたパンを作るって決めれば、三人がそれぞれ教えられるんじゃないって、なったみたい」

ひとまず昨日と同じ男子メンバー、晴真、優音、大地、星夜、智也と合流をすると、最初に挙手をし、嬉しそうに話をしたのは優音だった。

両親を亡くしてから、共働きの叔母夫婦に引き取られたこともあり、意識していい子になろうと努めているところがあるのは、士郎も気づいている。

だが、そんな彼を迎え入れた叔母夫婦や義兄となった従兄弟は、それさえ本人任せで特に何を言うわけでもない。

淡々と〝これが我が家〟というペースを維持し、特別無理をしないことで一家四人となった中尾家を作り上げてきた。

これはこれで素晴らしいと、士郎は思う。

しかし、今日の優音を見る限り、やはり小さな我慢はしてきて、何かあるごとに報告や相談はできても、頼み事は控えてきたのだろう。

多忙とわかっている叔母のほうから名乗りを上げてくれたことが、とにかく嬉しそうだ。

「すげえ！　あんパンとクリームパンだったら、三つのいいところ取りだもんな！」

「うん。美味しいところが合体！」

晴真や大地も、今日の優音の笑顔が特別だと気づいてなのか、肩を叩きながら「よかったな！」と伝えている。

こうなると、町内祭どころではない。

お祭りに出てきて会場で落ち合うも、話題は職業体験という新たなイベント一色だ。

特に、親が仕事で忙しい家は、引率（いんそつ）などはできないが、代わりにバーベキュー用の食材を多く出すことを申し出てくれた。

中には、優音の叔母のように、「職場へ招待は無理だけど」と、別の提案をしてくれる保護者もいて、このあたりは颯太郎の声かけも効いていたのかもしれない。

「はいはい！　うちでは、勝のお父さんと俺のお父さんが一緒に組んで、AED（エーイーディー）――自動体外式除細動器――の使い方を見せてくれるって！　それから、救急とレントゲンのことも教えてくれるって。丁度（ちょうど）、二人の休日と自治会館の空き時間が重なったから、二時間の救急教室を開いてくれるって！」

「それもすごいな、智也！」

「本当！　めちゃくちゃ本格的な救急授業って感じ。それに、この内容なら、一叶の家でも参加OKしてくれそうだしね」

「うんうん。塾では教えてもらえない特別授業感があるもんな！」

これらを報告してくる子供たちの顔は、ますます輝いていた。

「あと、六年の原律くんと一年の利久斗くんのおじいちゃんが、金神社のお賽銭箱を直すんだって！　釘を使わないでやる宮大工さんのお仕事だから、見に来ていいよって」

「それもすごいね。宮大工さんのお仕事なんて、そう見られるものじゃないよ」

場合によっては、近所に住む子供を通して、こうした話も伝えてくれた。

ちなみに宮大工の祖父を持つ原は、以前に避難所生活体験で距離を縮めた兄弟だ。

母親のほうに若干の問題は感じるが、そこはこうして祖父がカバーしてくれているようだ。

「そうだ！　劇団に通ってる利久斗くんが、すっごい得意げに、発声練習のしかた教えてあげるよって言ってたよ。それ仕事なの？　って聞いたら、劇団の人はみんなお仕事でやってるからって、威張られちゃった」

また、避難所体験では、憎らしいほどわがままを炸裂していた利久斗だったが、最近は大分落ち着き、見た目だけではなく内面も可愛くなってきたようだ。

それでも、劇団に通ってレッスンをしていることには、自慢だけではなくプライドもあるようで。たまたま言付かってきただろう星夜は、威張られたとは言いつつも微笑み、また感心もしていた。

「相変わらずだな。利久斗は」

「でも、樹季とドラゴンソードごっこして遊ぶようになったら、前みたいなわがままは言わなくなったよな」

「利久斗くんカッコいい〜って言ってくれる樹季には、嫌われたくないからだろう」

「それはある！　でも、それで言うこと聞くんだから、本当は素直なんだろうね」

「星夜、それは逆！　素直すぎるから、言いたい放題だったんだろう」

「そっか！」

（――言われたい放題だな、利久斗くん。でも、夏休みでも、楽しんでレッスンに通っているみたいだし。ステージママ志願のお母さんが強引にってことじゃないなら、それはそれでありなんだろうな）

　思いがけない話も飛び出してきたが、参加を表明してきた子供たちは、その後も自主的に体験を希望する職業について、スマートフォンなどで調べていた。

　祭りの熱気にも負けない好奇心で、週明けから予定されることとなった職業体験に目を輝かせていたのだった。


　士郎や樹季たちが、次なるイベントに目を向けているからか、町内祭が閉会しても家の中には、お祭り前と変わらないムードが漂っていた。

「一気にすごいことになってきたね。最初に士郎たちを受け入れてくれた佐藤さんたちが太っ腹だったっていうのもあるけど、これに賛同してくれた、みんなの親御さんもすごい太っ腹だよね。それならうちの仕事も見せますよ、とか。自分も自治会館を借りて、お仕事紹介をしながら、体験教室でもしましょうか——って、申し出てくれるなんて」

「本当だよね。父さんからのお願いメールも効いたんだろうけど。そもそも祭りの夜には、子供から話を聞いていた親がほとんどだろうから。士郎がどういう考えで、職業体験を言い出したのか、すぐに理解してくれたんだろうね」

「おかげで親が仕事で忙しくて、暇を待て余していた子たちも、何日分かの予定が埋まって大喜びだしな。児童館でのオフライン士郎塾といい、祭りの準備会といい、今ではもともと予定がなくて、凹んでいた子たちのほうが、盛り上がっていそうだ」

ダイニングでは、今夜も夕飯後に寧、双葉、充功、士郎が中心となって、農業体験当日用の冊子を作っていた。

結局初日の佐藤一輝宅へ参加するのは士郎たちを含めた二十五名の子供に、引率の保護者が十名。

あとの十五名は充功が声を掛けた結果、子守を引き受けてくれた中学生たちだ。

一応、その後に開催される佐藤一叶宅のこともあるので、ルールや注意事項、当日の流れはブログにもアップした。

だが、いざ作業を始めてから再確認しようとなっても、スマートフォンを取り出すのは難しいだろうし、汚す・壊すなどといったトラブルが起こっても大変だ。

ここは用心に越したことはないという双葉の提案もあり、迷ったときに見られる紙で用意することにしたのだ。

しかし、何かしら作り始めると凝り出すのは、颯太郎譲りだろうか。

必要最低限の道具にスキルのある双葉や充功が張り切ったものだから、なかなか立派な〝農業体験のしおり〟なる冊子がパソコンで作られた。

Ａ５の用紙に、まずは両面刷りで八ページ分。仕上がりはＡ７サイズでポケットに入るようにしたもので、これを少し厚めの紙に刷りだし、まずは半分にカット。

それをページを合わせて重ねて折り、最後にハガキ用紙に刷った表紙と合わせて中とじ用のホチキスで中央を綴じたら完成だ。

不思議なもので、家庭用のプリンターや手作業でも、冊子として綴じるとそれっぽくなる。

また、ハガキ用紙の表紙は樹季のリクエストで、表は日付とタイトル、名前を書く欄のみになっており、表裏の余白には本人が絵を描いたり、好きなシールを貼ったりできるようになっている。

しかも、作っている冊子やペーパーはこれだけではない。

自治会館を借りて開くパン作りに救急のお話、さらには寧が有休を使って開催してくれることになったというスペシャル体験の分もある。

「でも、寧兄さん。体験へ行くのはともかく、うちで朝が早い職業を実感してみよう――な体験お泊まり会って、本当にいいの？　なんかもう、晴真とか浮かれきってて、大変なことになってるんだけど」

士郎は、用紙を揃えて折りながら、再三の確認をした。

寧の申し出は嬉しいが、これを伝えたときの晴真たちの喜びようが、本当にすさまじかったからだ。

「いいよ。さすがにうちだから、男子限定になっちゃったし、雑魚寝（ざこね）になるけど。やることって言ったら、深夜から起こして、新聞配達やパン屋さんの起床時間体験をしてもらうだけだしね」

寧は折られた紙の束をホチキスで留めていく。

その隣で双葉は追加の体験用案内ペーパーを今まさにノートパソコンで作っており、充功は颯太郎が刷りだしてくれたペーパーをひたすらカットしている。

そして、樹季はできあがったしおりの中身が間違っていないかを検品し、武蔵は七生とクマを相手に芋掘りの予習なのか、絵本で読み聞かせをしている。

もはや、他人が見たら言葉もないほど完璧な分担作業だ。

これにはクマ内に長期滞在を決めたらしい氏神もびっくり、感心するばかりだ。

「――それってただのお泊まり会っていわねぇの？」

「とりあえず、三時ぐらいに起こして朝食作りをするから、楽しいのは寝るまでかもよ」

「うわっ！　意外とガチな早朝職体験なんだな」

「きっと、食後はお昼寝をしてから帰宅させることになるだろうけどね」

それにしても、今回は率先して寧が協力的だった。

自分が職業体験を言い出したことへの責任感もあるのだろうが、そのために週末の休日まで空けてくれた。

それもあり、双葉や充功もいっそう気合いが入りまくっているようで、士郎は改めて長男ラブな次男、三男――いや、自分を含めた弟たち全員の寧大好きを実感する。

そう。母親代わりを務めてくれている以前から、そもそも士郎たちは弟溺愛の寧が大好きなのだ。

「でも、それって口で説明するよりも、子供には理解しやすいよね。遠足で早く目が覚めるのとは訳が違うし。二交代勤務や三交代勤務の両親を持っている子たちからしたら、これを毎日続けているのか――って、実感できたら、両親を見る目も変わるだろうしさ」

こうして話をしながらも、ノートパソコンを弄っていた双葉が、新たなデータを完成させた。

そのまま自室で仕事をしている颯太郎に、メールで送信をする。

「――だよな。俺たちだって、テスト前や提出物でうっかり徹夜――なんて経験はしても。こういう変則的な睡眠時間で仕事する大変さって、結局は毎日のことじゃないからわからねぇもんな」

充功はカッターとマットが一体になった小型の裁断機で、刷り出されたA5用紙を淡々と半分に切っていく。

一度に5枚程度を切ったあとに、A6になった用紙をまとめてぴったり合っているのを確認するたびに、口角が上がる。

兄弟一、がらっぱちでオラオラしているように見えても、こうした作業には意外と繊細さを発揮する。

「ようは、そのテスト前のサイクルが日常的に繰り返されて、そこへ家事と育児が組み込まれてって想像をしたら、そりゃ荒ぶる日が出てきても不思議はないよね。お母さんが救助していたママ友さんたちや、場合によってはお父さんにも〝とりあえず寝て〟って言っていた意味がよくわかる。これまでもわかっていた気はしていたけど、実際の想像まではしていなかったから、結局はわかってなかったんだとは思うけど」

そうして士郎が、充功が切り終えた本文用紙に表紙を合わせて、二つに折っていく。

　ここまでが綺麗に仕上げられているので、士郎も角がずれないように――と、真剣だ。

だが、最終仕上げのホチキス止めで中心がずれたら意味がない。

「――それを言われたら俺もだよ」

寧は会話を続けつつも、パチンと止める一カ所一カ所に目が釘付けだった。

しかし、そうして完成した冊子のページ確認と、できあがりをチェックするのは樹季だ。

兄たちの真剣ぶりを感じ取ってか、何かの鑑定士かというほど、隅々まで見てからOK箱へ入れていく。

　そして、そんな樹季をリビングからチラチラと見つつ、武蔵もまた「よし！」と七生とクマに絵本の読み聞かせをする。

当然、ここまできたら、これを聞く七生も真剣な顔つきだ。意味はよくわからなくても、空気を読んで合わせる力は、さすがは末っ子。天才的なのだ。

ただ、こうした兄弟の一体感、緊張感は素晴らしいが、データの刷り出しを持って下りてきた颯太郎からすると、可笑しいだけだった。

――ここはいったい、何工場なんだ？

ダイニングのガラス扉からこの光景を見た途端、その場にしゃがみ込んで肩を震わせている。

「――いや、寧兄はすでに父さんと同じくらい家事と育児と仕事で忙殺されてるから。むしろ、仕事から帰ってきて〝疲れてるんだから俺にかまうなよ！〟とかって、やっているのを一度も見たことがないから、そのほうが心配になってくるよ」

　そうこうするうちに、双葉が両腕を上げてのびをすると、再びノートパソコンに向かい始めた。

「え？　会社でキレることはあっても、家でそれはないよ。だって、お帰り〜って、樹季や武蔵、七生が廊下を走ってくる姿を見たら、もうそれでパァァァッって気分も晴れるし、疲れも吹き飛ぶんだから」

　寧はいったんホチキスから手を離すと、側に立っていた樹季の頭を嬉しそうに撫でた。

　これを受けて樹季がニコッと笑う。

　瞬間、武蔵と七生がパッと振り返り、絵本を置いて寧の元へ駆け寄っていく。

　当然七生は両手を伸ばして抱っこ！　武蔵も樹季と並んで頭をなでなでしてもらう。

　これが寧の回復薬でありリセットボタンなのだろうが、武蔵と七生の反応が素早すぎて、双葉や充功、士郎は笑うしかない。

　颯太郎に至っては、肩どころか全身が震え始めた。

「普通は会社で我慢するから家でキレるんだろうに。ブラコンも極めると、家での鬱憤まで含めて会社でキレるパターンになるのか？」

　寧がこんな様子なので、充功もいったん裁断機から手を離した。

そして、席を立つとキッチンへ入り、樹季や武蔵、七生に飲み物を用意し始める。

「さすがにそれはないって。けど、会社にしても家にしても、心身共に疲れることはあっても、切れるほど理不尽な目には遭っていないからね。結局、笑っていられるのは、環境がいいからだと思うよ。ただ、父さんは仕事も何もすべてが家の中にあるから、感情の切り替えや、うまく消化できないときがあっても、不思議はないと思う」

「まあ、それだって他から話を聞く限り、父さんほど穏やかでニコニコしている人はいないと思うから。たまに、うわわわってなっているときの姿が、俺たちにとっても衝撃的なんだろうけどね」

寧や双葉が話に夢中になっている中、士郎はふと廊下でうずくまる颯太郎に目が合った。

すると、颯太郎も視線に気づいたのか、笑ってごまかしながらスッと立ち上がる。

（お父さんってば――）

士郎は大体察しが付いたので、特に何を言うでもなく微笑んだ。

「それでも、武蔵や七生がベソってなったり、エリザベスがくぉ～んって鳴いてすがったりしたら、ものの一秒で我に返るしな」

「そこは誰に何があっても同じだよ。結局俺たちが日々穏やかでいられるのは、父さんの笑顔が絶えないからだろうし。影響を受けている俺たちも、似たり寄ったりだから、常に家の中にいい空気が巡回しているんだろうからさ」

「――あ、これ。刷りだしてきたよ」

颯太郎がタイミングを計って、ダイニングへ入ってきた。

すると、武蔵がパッと扉に向かい、

「俺が渡す！」

両手を差し出すと、颯太郎から刷りだしをもらって、充功が座っていた場所へそれを置いた。

この間に樹季は、「お父さ～ん」と言いながら、できあがったばかりの小さな冊子を颯太郎へ差し出す。

「見てみて。上手にできてる？」

「うん。すごいね。よくできてるね」

「やった～っ」

検品していただけの樹季が、我がことのようにはしゃぐ。

双葉が「ちゃっかりしてるな～」と笑うも、寧に「小さい頃の双葉そっくり！」と言われて、かえって笑いを誘うことになる。

「父さん。コーヒーは？」

「あ、もらうよ」

「了解」

充功がキッチンで新しいコーヒーを淹れ始めると、士郎の脳にはリビングに置き去りにされたクマから念が飛んでくる。

(みんなええ子じゃの〜。パパさんも本当にええパパじゃ)

(うん)

士郎は自分も一度席を立つと、クマの方へ歩いた。

「あ！　そうだった」

これを見た武蔵がリビングまで戻ってくる。

士郎が抱き上げたクマを受け取ると、満面の笑みを浮かべた。

(うん。本当に――。でも、決して大人に都合のいい子ではないと思うよ。兄さんたちも弟たちも、もちろん僕も。けど、そういう風に育ててくれたのはお父さんとお母さんで。それがどんなに素敵ですごいことなのか、僕は友達や知り合いから話を聞く度に思う)

士郎は武蔵に抱かれてダイニングテーブルに着いたクマを見ながら、念を読んでもらう。

(でも、すべてが当たり前じゃない。みんなこの家族が、生活が好きだから、日々自分にできる努力や工夫をしている。大好きな人に笑ってもらうために。そして、自分も笑い返すために)

(――そうじゃな)

そして心地よい返事をもらうと、士郎は母の遺影に目を向け、今一度ニコリと微笑んだ。

（ありがとう。お母さん）
心の中で、そう声をかけながら——。

5

思い立ったが吉日ではないが、士郎塾から募集のかかった〝夏休みの自由研究発表にも使える職業体験〟は、週明けから始まった。

このあたりは、体験提供側の日程に合わせて決まったことなので、参加側の不平不満や日程変更希望などは受け付けないことが前提だ。

そうした決まりの中で、士郎は各体験の参加希望者とサポートができる保護者を募集した。

企画のスタートは、月曜の午前から一日掛けての佐藤一輝家で「専業・慣行農業」体験。

火曜は午後から金神社で宮大工・原の賽銭箱修理見学。

水曜は午前中に自治会館にて、岡田、中尾、増尾の指導による「あん・パン・クリーム作り」体験。

午後からは、山田と九による「ＡＥＤ――自動体外式除細動器――の使い方見本と救急・レントゲンのお話」教室。

これらに続けて参加する子供たちは、できたてパンと持ち寄りの品で、ランチタイムにお楽しみ会付きだ。

そして、金曜は午前中から佐藤一叶家で「兼業・有機農業」体験。

終了後は、いったん帰宅し夕飯後の夜から土曜の昼までが、兎田家にて「朝が早いお仕事の早起き」体験となる。

急に決めた割には、なかなかの充実感かつ、密な予定の一週間となった。

また、これらすべてに参加するのは士郎、充功、樹季、武蔵、七生とエリザベス。

充功の友人佐竹と沢田。

あとは士郎のクラスメイトたちで、話の発端となったダブル佐藤に広夢、大地や星夜、智也といった、元から予定のない子たちだ。

晴真や優音、勝といった部活のあるメンバーは、練習時間にかからないところでの参加になるので、まるごと参加できるのは最後のお泊まり会くらいだ。

だが、ここさえ押さえられれば文句はない上に、一日がかりになる農作業体験も、前半か後半には参加ができるので、特に不満はないようだった。

また、意図せぬ塾でスケジュールを埋め尽くされて辟易していた一叶にしても、今回は本人の愚痴がきっかけで士郎たちが動いてくれたこと、父親が農業体験そのものに場所を提供することに決めてくれたことから、職業体験への参加にかかわる日の塾の欠席は了解が出た。

これだけでも一叶の鬱憤は相当減ったようで、前日に送られてきた士郎へのお礼メールでは、浮かれきっているのが手に取るようにわかるほどだった。


そうして迎えた月曜日。

参加者は旧町の、それも黄金町寄りにある佐藤一輝家の前に集合した。

佐藤家所有の田畑や仕事用の倉庫は、そこから徒歩で五分程度の場所にあり、普段は通ることのない農道を進んだ先にある畑は、小学校の敷地がまるごと入ってしまいそうな広さがある。

「ひっろーい！　一輝くん。ここに植えてあるのって、みんなサツマイモなの？」

体験場となる畑まで歩く途中で、浜田が声を上げた。

通学路や自宅周辺にも、ちょっとした空き地を畑にしている場所はあるが、大概が家庭菜園程度だ。

一望できる畑とは、やはり感動も違うのだろう。

「ううん。ここから半分がこの前も言った、紅さつまっていう品種。他は夏野菜。でもって、別の畑には紅あずまや他の野菜があって、そっちは収穫が秋からのものになる」

参加者たちがぞろぞろと移動していく中で士郎は、

「いもたん♪　いもたん♪　いもたんたん♪」

「「いもたん♪　いもたん♪　いもたんたん♪」」

背後で謎な歌を口ずさむ七生、そして手を繋いで一緒に歌っている樹季や武蔵、また爽快そうについて歩くエリザベスを気にかけつつ、周りの田畑を見渡している。

ちなみに武蔵が「クマさんも畑が見たいって言うから、連れて行ってあげるんだ！」と言って譲らなかった氏神憑きのクマは、樹季が背負っていた。

最初は武蔵が背負うも、さすがにこれで農作業は無理だろうから――と、樹季が引き受けたみたいだ。

――それを言ったら樹季だって同じじゃないのか？

士郎は喉まで出かかったが、樹季のことだ。

いざ作業となったら、佐竹か沢田に、「これ、持ってて～」と預けるのだろうと思い、言うのを止めた。

何より、誰が見ても邪魔そうにしか見えないクマだが、中身は氏神だ。

守護する担当地域の田畑に連れて行く分には、収穫的にも御利益があるかもしれないと考え、ここは見逃すことにした。

(――あ、カラスさんたちだ)

真っ青な空には、裏山のカラスと学校裏のカラスが揃って飛んでおり、こちらを見下ろしている。

この分では裏山の茶トラも密かに付いてきて、士郎たちの様子を見ているかもしれないと思い、士郎はフッと微笑んだ。

「畑ごとに植えているものが違うの？」

「え!? 畑っていくつあるの？」

「田畑を合わせたら四つかな？　半分お米で半分野菜。季節ごとに収穫したり、土を休ませたりして回してる」

「すごい！　っていうか、一輝くん詳しい！」

「うん。何気なく、さらっと言ってるけど、農業博士だよね」

「本当、すごい！」

前を歩く一輝と浜田たち女子の会話に、自然と口角が上がってくる。

この調子なら、一輝の機嫌は大分よいのではないかと思ったからだ。

「ほ、褒めてもらえるのは嬉しいけど、博士で持ち上げられるのはやめてくれ。これで浮かれるとやばいのは、星夜を見て学習したからさ」

「えええっ！」

（え？）

しかし、士郎の予想は簡単に覆された。

それも理由の一端は自分にもあるようだ。

士郎は思わず耳を澄ませる。

「一輝くんは、そうやって判断できるから、僕みたいにはならないよ」

すると、「とほほ……」と声に出さんばかりに肩を落とした星夜が、話に加わった。

これに今度は一輝が慌てる。

「そんなことないよ。俺も星夜のことをすげえすげえ言ったたし、星に関しては士郎より詳しいんだなって、力いっぱい持ち上げてはやし立てた一人だから。……ごめん」

「それを言ったら、俺もだよ。あとで士郎の興味は天文学で、星夜は神話。同じ星でもまったく方向が違うんだから、比べようもない。うぅん。たとえ一緒であっても、比較したことが間違いだったのに……。それに、士郎よりすごいって言われて舞い上がらない子なんて、クラスどころか学校中を探したっていないのにさ――。本当。俺も、ごめん」

側で聞いていたらしい智也が一輝と一緒になって、当時のはしゃぎっぷりを謝罪する。

（いつの間に……）

士郎は安堵すると同時に一輝や智也を見直した。

タイプは違えど以前の二人なら、終わってしまっていることを自ら話題にしてまで、謝ることはしなかった。

そうした機会がなかっただけかもしれないが――。

それでも以前なら、クラスの中では大人しい部類の星夜が相手なら強気に出ていただろうし、自分が間違っていても笑って誤魔化して終わらせていただろう。

そして、こうしたよい面での変化や成長は、浜田たちにも言えた。

「それでも、どっちもすごいな～って、私は思ってるよ。誰かに自慢できるくらい詳しいことが一つもないから」

「え？　特別にのめり込むとか、必要にかられてみたいなことがなければ、そんなもんじゃない？」

浜田は純粋に一輝や星夜のいいところを誉めたし、柴田は反動から凹んで見せる浜田を笑ってフォローしていた。

「そうだよ。私なんて、これまでたったの一度も通知表で3以外取ったことがないんだよ。なんかの模試でも偏差値は50。十年も生きてて、身長も体重も成績も全部真ん中！　ずーっと、日本の同学年女子のど平均ど真ん中なんだから！」

「え!?　それはそれですごいでしょう。全部が平均的に出来てるってことじゃん！　しかも育ってるのに！」

朝田はここぞとばかりにコンプレックスを吐き出したが、水嶋は素直に驚き、誉めていた。

一緒に聞いていた一輝や星夜、智也や大地といった男子も「それはすごいよ」「確かにすごい」「むしろ立派！」と言って、大きく頷いている。

四月はまだこんなふうではなかったと思うが、いつの間にかみんなが他人の悪いところより、いいところに焦点を合わせて話をするようになってきたのだ。

これだけでも士郎は嬉しいし、気持ちがいい。

「うん。オール3って簡単には取れないよ。だって、できるできないじゃなくて、好き嫌いもあるでしょう？　ましてや身長、体重までって。もう、奇跡でしょう！」

この平均発言に関しては、士郎も水嶋に賛同だ。

希望ヶ丘小学校の通知表では、一教科を三項目から四項目の状況を◎○△で示し、これを五段階で評定する形になっている。

足して割って平均値内に入ることは特に珍しくもないが、常に変動していてもおかしくない成績や成長の平均値――それもど真ん中で居続けるのは、本当に奇跡ではないかと思ったからだ。

「え？　もしかしたら、そこまで好き嫌いもないのかも。けど、嫌いがないのはよくても、好きなのもないってどうなの？」

「そのうちできてくるんじゃない？」

「そうかな？」

「そうだよ！　三奈なんか、アヒルみたいな2の字が消えたことないよ」

そうして朝田を説得するうちに、今度は水嶋が溜め息まじりにぼやく。

「俺、漢字の覚えが悪くて国語1‼　体育の5がなかったら最悪！」

「オール3も1と5があるのもすごいって！　俺なんか2か4だぞ。この微妙さって、どうなんだよ！　そもそもこの2がなければ、まだここまで塾通いもないだろうにさ」

また、これにここまで黙っていた晴真と一叶が続いた。

「そ、そう？」

「俺なんか1から5まで全部ある！」

「僕も！」

ここまでくると、どんな成績でも自慢になるのか、一輝や星夜が勢いよく手を上げていた。

声こそ発しなかったが、これには広夢も小さく手を上げている。

「みんな、それぞれってことだよね」

「士郎だって、体育が1の時があったしな」

優音がうまく纏めかけるも、ここで晴真が士郎を巻き込み、振り返った。

目が合うとわざとらしくニヤリと笑う。

士郎は「まあね」と答えて、苦笑いをするしかない。

だが、こうして誰にでもわかるような不得意があるから、士郎は「神童」と呼ばれつつも、同級生の中に埋もれている。

決して浮いた存在にはなっていない。

驚異的な記憶力や学力を持ちながら、同級生に一線を引かれないのは、自分で気をつけている部分もある。

しかし、大体はこうした晴真の発言、「だから士郎だって俺と一緒だよ！」といった主張によるところが大きいのだ。

「そうしたら、オール５って智也だけ？」

それでも通知表のオール５には、何かしらの夢や希望があるのだろう。

大地が期待の眼差しで聞いた。

「体育と音楽、あと図工は３だよ」

「え？　でも、そうしたら、それ以外は５なの？　すごくない？」

まさか――と言わんばかりに智也が返すも、今度はこれに浜田が食いつく。

「智也くんって自己主張しないけど、実は士郎くんに次いで、四年生では二番だよ」

「確か栄志義塾の全国模試でも、百番以内に入ってるよね？」

「うわ！　士郎くんが凄すぎるから目立たなかったってこと？」

星夜や優音が頷き合い、浜田がいっそう声を上げる。

「……え」

当の智也は、突然話題の中心になったことに驚きが隠せないようだ。

戸惑いながら振り返ると、何か言いたげに士郎を見てくる。

ただ、これに士郎はニコリと笑って返すに留めた。

この場での盛り上がりが智也にとって、悪い雰囲気ではなかったからだ。

「なんか、うちのクラス。ううん、学年ってすごいんじゃない？　一組には学年のリーダー的存在な晴真くんがいるし、三組にはプロサッカーのジュニアチームに入っているような飛鳥（あすか）くんがいる」

「うん。すごいね。いろんなことが得意だったり、ものしりな子がいる。でも、一番すごいのはいじめがない！」

改めて浜田がはしゃぐと、ここで水嶋が声を大にした。

「だよね。これが一番すごいよ。ね、広夢くん。一叶くん」

「そうだよ！　俺たちがいるんだから、隣近所だからって、学校違いのやつの嫌味なんて無視だよ、無視！」

柴田や大地が、ずっと嫌な思いをしてきただろう二人に話を持っていく。

すると、今回のことで、まったく同じ相手から嫌味を言われ続けていたことがわかった広夢と一叶が、顔を見合わせて頷き合う。

「うん。そうだよね。そう言われたら俺、学校は嫌じゃない。普通に楽しいと思う」

「俺も！　けど、こうやって学校へ行くのが楽しい、辛い子がいないってすごいことだよな。そりゃ、もともと家のほうが好きとか、一日ゲームしてたいとかって子はいるだろうけど。でも、いじめられて行きたくないって言うのとは違うと思うし」

　愚痴はあっても、学校内に原因はない。

　二人も改めてその貴重さに気付き、いっそう表情が明るくなる。

「そうそう！　うちのお兄ちゃんだって、勉強は好きじゃないけど学校へ行くのは楽しいって言ってたよ。学年も違うのに、毎日充功さんが何したらしいって話が流れてきて、今日も平和だなって友達と笑うんだって」

　するとここで、優音が兄と慕う従兄弟の話をした。

　今のところ、いじめ問題がないのは中学も一緒だ。

　だが、これに関しては充功の気遣いとわざとらしくかけている圧によるものが大きい。

　寧は、越してきたばかりで、ここの中学には一年しか通っていなかったので、さほど影響は残していない。

　双葉も生徒会行事を通して学校を盛り上げていたが、いじめ問題を無にすることはできなかった。

　しかし、充功は小学校にいたときから、いじめに関しては目を光らせていた。

その芽を見つけたときには、すぐに摘み取った。

おかげで卒業後の小学校も至って平和だし、一番荒れがちな年頃の中学にあがっても、双葉の後輩たちと自分の学年が協力し合い、円満な学校生活を維持しているのだ。

「前にいた学校では、いつも誰かがヒソヒソいじわるなこと言ってたけど、ここに来てからのヒソヒソはクスクスする話ばっかりで楽しいって。休んでる間に知らないことが起こるのが嫌だから、風邪ひかないように気をつけてるって」

「充功さん、どんだけ話題の人なの？」

「学校に行ったら会えるアイドルみたいな？」

「それを言ったら、他の兄弟がいる小学校も幼稚園もじゃない？」

移動がてらの話が、とうとう中学どころか幼稚園にまで広がった。

士郎がふと前方に目をやると、視界の下半分を占める畑の前には、一輝の両親や充功の友人たちが準備万端で待っている。

残りの視界上半分には、青い空に緩やかな小山が連なり、その麓に建つ家々が畑と相まって、のどかな光景そのものだ。

すると、「カー」と鳴いたカラスたちが、一足先に農道脇のスペースに建つプレハブ倉庫の屋根に下りる。

「幼稚園も？」

「武蔵くん優しくて、喧嘩や意地悪はダメって言ってくれるからね」

「でも、たまに他の子たちが、武蔵は僕と遊ぶんだ！　俺と！　って、取り合いになって。武蔵くんが、なんで一緒じゃだめなのって、泣いてるときがあるって聞くけどね」

「可愛い！」

「やっぱり兎田家は上から下まで人気者だな」

　話をしていた子たちも、一輝の両親たちに気付くと、手を振り「おはようございます」「今日はお願いします」などといった挨拶をする。

　いよいよ、ここからは農業体験だ。

　周りが好奇心と期待に満ちているのが伝わるからか、今日のお手伝いに関しては、一輝もやる気に満ちている。

　そうして参加者全員が、倉庫の前で足を止めた。

　シャッターの上がった倉庫の中には、農具やトラクターが収納されており、収穫物を出荷するための設備も備わっている。

　また、手洗い場やトイレもこの中にあるようで、お楽しみのランチタイムのバーベキューも、ここですることになっている。

「――あ。そういえば、日程が合わなくて来れない子からの、ひどい・ずるい攻撃はなかったのかな？」

ふと、周囲を見渡しながら、朝田が水嶋に問いかける。

「あ〜。絶対に一人や二人はいそうだよね。もしくは、どうしても日程変更はできないの？　って、食い下がるとか」

「そこは士郎塾を利用し続けているような子たちだからね。ひどい、ずるいを言う前に、一日でもどこかに参加できるように、自身のスケジュールのほうを全力で調整って感じみたいだよ。ね、麗子」

聞いていた浜田が笑顔で答え、柴田のほうへ視線を向ける。

「そうそう。うちのクラスの子なんて、お母さんが〝自分も手伝える日を作るから、日程の変更なり体験日を追加なりできないか聞こうか？〟って、言ってくれたらしいんだけど。全力で、『私がわがままな子認定されちゃうから、絶対にやめて！』って、叫んで止めたらしいから」

――そんなこともあったのか。

士郎は、畑道具を前にし、はしゃぎ始めた武蔵や七生を気にかけつつも、女子の会話にも耳を傾けた。

周りの情報は、大地や充功を通して耳に入ることが多いが、やはり同性での話ばかりだからだ。

「うわ〜。お母さんとしては、親切で言ったんだろうけど。でも、その言葉が出てくるっところで、普段からの子供関係や保護者関係をいまいち理解できてないんだろうね」

「大概のことなら融通してくれる士郎くんが、今回はそういうことが一切できないって言ったら、絶対にできないのにね。天候不良とか、受け入れ先の急用でもない限り」

「だよね――」

「おーい。そろそろ始めるぞ～！　点呼(てんこ)を取るぞ～っ」

「参加者の確認をするから、集まって！」

だが、さすがにお喋りが過ぎたのか、一輝の両親から声がかかった。

「あ、はい！」

「行こう行こう」

浜田たち四人は、足早に呼ばれたほうへ向かい、士郎もまたそのあとを付いていった。

＊＊＊

参加者を点呼で確認すると同時に、充功や士郎からは本日の手作りしおりが手渡されていった。

その際、参加条件のひとつとなっている麦わら帽子と長靴、薄手でいいので長袖に長ズボン姿がきちんと守られているかを確認される。

また、今では小学生でも持っている子は持っているスマートフォンは、持参のバッグや付き添いの保護者に預けて、いったん電波からは遠ざかることを伝えた。

だが、さすがに中学生以上は、衣類のポケットに入れたままで、まさに肌身離さずだ。

しかし、充功が声をかけた友人たちは、基本子守で来ているだけなので、士郎は特に何も言わなかった。

充功も「ひっくり返ったらヤバいから、間違っても尻のポケットには入れるなよ」と忠告をしただけだ。

このあたりは、いざ何かアクシデントが起こった場合、的確な連絡方法は持っておくに限る。ならば、保護者と中学生たちは、自前のスマートフォンを身につけておくほうが安心だと判断をしたのだ。

「――では、今見せたように、ヘタの上を切って収穫してください」

そうして一輝の両親に誘導されて、子供たちは、それぞれに振り分けられた畝（うね）の夏野菜の収穫から始めた。

今回はあくまでも職業体験なので、同行してきた保護者や充功の友人たちは、作業自体はせずに見守りだ。

武蔵や七生のようなちびっ子には手助けをするが、小学生たちには基本一人でさせることになっている。

「わ！　大きなキュウリ！　美味しそう」

「トマトもこんなに大きいよ！」

士郎たちは、最初に一人一列の担当で、一定以上の大きさの夏野菜を収穫することになった。

（一列で五〇メートルはありそうだな）

とはいえ、士郎は最初に目視で自身の作業量を確認した。

子供たちは、まるで遊びに来たようにはしゃいでいたが、士郎だけは収穫したものを倉庫に待って行くまでを一仕事と考えて、計算をしていた。

（――持てるだけ収穫籠に入れたとして、一メートル内の苗から通常サイズの茄子が十本前後？　一・五キロくらいは収穫できそうだ。ってことは、僕が運べるのは一度に三メートル分で三十本くらい？　十七往復？　例えば体力があるうちに、遠くの方から収穫するにしても、畑の行き来だけで九〇〇メートルちょっと？　そこから倉庫の入り口までが、四、五〇メートルくらいだから――。ここはあとで荷車を借りて運ぶとしても、トータルするとけっこう大変な気がする）

想像した段階で、眉間に皺が寄った。

こんなときに、暗算でパパッと見当が付けられるのも問題だ。

何も想定しなければ、最初の三往復くらいは、笑顔でいられた。

十往復ぐらいまでなら「頑張れ僕！」と励ましつつも、自分をごまかせたかも知れないのに、すでに苦笑が浮かぶ。

（一輝くんのお手伝いって、これだけを毎日ってことじゃないよね？　きっと、もっとたくさんあるよね？　何せ、これが終わってから出荷までの経過も体験だし、ランチのあとにはサツマイモ掘りだ）

士郎は思わず、誰に何を言われるでもなく、倉庫から一番遠くの列へ向かった一輝のほうを見た。

（――わかっているからこそだよな）

作業を始める前から、尊敬してしまうのは、士郎ならではだ。

しかも、その後――。

「この籠。俺が倉庫へ運んでやるから、浜田たちはここから収穫だけでいいよ」

「うそ！　本当⁉」

「え？　悪いよ」

「だってもうヨロヨロしてるじゃん。それに、切ったら早く倉庫に運んで、規格分けを始めてもらって、冷蔵庫に保管していくほうが鮮度も保てるし。その代わりに、うんと丁寧に切って」

「わかった！　ありがとう‼」

一輝はサクサクと自分の列を終わらせてしまうと、じわじわと辛さが顔に出始めた浜田たちの手伝いを買って出た。

「――でも、こんなに大きいのや、キズがあるのは、スーパーでは見ないね」

「農協に卸すには、規格があるからな。こういうのは、訳あり通販とか直売場に出荷とかになる。味は変わらないのに」

「そうなのか！」

「もったいないね。でも、売れるならよかったよね」

「値段は下がっちゃうけどね」

「あ……、そっか。味もそうだけど、収穫するまでの手間だって、同じなのにね」

士郎は浜田たちと列が近かったこともあり、ちょこちょこ一輝との会話を耳にした。

（――本当。そうだよね）

些細なことから、またいろんな側面から、少しでも農業を知った気がする。

同時に、愚痴愚痴言っていた割に、一輝はこの年にして、両親の仕事のなんたるかをきちんと理解していることが伝わってきた。

（すごいな、一輝くん。農協へ卸す規格とか、そこから弾かれてしまった野菜をどう売るかとか、そういうところまで知っていて。教室ではここまで気遣いはしていないと思うけど。やっぱり、作業の大変さを知っているからこそ、慣れていない子たちのフォローを率先(せん)してやってくれてるんだろうな。普通なら、自分の分が終わったら、ひと休みしてもいいのに……)

厳しい農協の規格に合わせて、常に一定量の作物を出荷する。

こうした専業・慣行農家がいるからこそ、よほどの天候不良でもないかぎり、消費者は多少の価格変動はあっても、一年を通して新鮮な野菜や穀物が手に入る。

これは士郎たちが生まれたときには、すでに出来上がっていた需要と供給の仕組みであり流通だ。

あって当たり前で、なくなったときというのを想像しても、いまいちピンとこない。

机の上だけで学んでも、スーパーの店頭に並ぶまでの誰かの仕事や苦労は理解しきれない。

このあたりは、どんな職業にも言えることだろう。

(職業体験のアイデアを出してくれた、寧兄さんに感謝だな。これって、間違いなく、いい経験になる。それに、一輝くんの家が、普段通りの大変さを経験させてくれているからこその、気付きでもあるから。まずは作業を頑張って、あとでいっぱいお礼も言わなきゃ!)

士郎は、一列の半分を終えたところで、大分疲れを感じていた。

しかし、ここぞとばかりに動き回る一輝の姿に、負けじと自身に気合いを入れ直して茄子の収穫に励んだ。

予定していた夏野菜の収穫を終えると、そこから士郎たちは農協へ卸すまでの作業工程を見せてもらい、お手伝いもさせてもらった。

「なちゅたん♪　なちゅたん♪　なちゅたんたんたん♪」

規格に合わせてサイズを振り分けて箱詰めし、また品(しな)によっては一度水洗いをしてから納品だ。

この辺りまでなら、テレビで見聞きしてきたことや、机の上で学んだことでもイメージはできる。

しかし、いざ自分がやってみると、これまでにはなかった感情が芽生えたらしく――。

「……折角収穫したのに、三奈のトマト、何個も弾かれちゃった」

「俺のキュウリも」

「スーパーの売り場って、選ばれしものの舞台だったんだな」

厳選されて振り落とされた野菜たちを見た水嶋が肩を落とすと、これに晴真や大地も同意した。

声には出さなかったものの、これは他の子供たちや、一緒にマンツーマンで付いて、見守りに徹していた充功の友人たちも同じだ。

「むっちゃ！　なっちゃのね！」

「うんうん。これから食べさせてもらえる分だ！　これ、俺の！」

そんな中で、七生と武蔵だけは、不格好な茄子やズッキーニを胸に、目を輝かせていた。

最初に、弾かれた分からバーベキューの材料やご褒美の持ち帰り分になることを説明されていたので、完全に私利私欲が勝った笑顔だ。

これがこの場にいた子供たちの表情を一変させた。

「そうか！　私たちが美味しく食べるんだから、落ち込むことないんだよね！」

「切って、焼いて、お腹に入ったら一緒だもんな！」

この様子を見た一輝の両親も、互いに顔を見合わせると、満足そうな顔をしている。

特に足の怪我が完治していない父親のほうは、ちょっと涙目だ。

体験を通して知って欲しかった自分たちの気持ちを、少しでも理解してもらえたことが嬉しかったのだろう。

そんな両親や友人たちを見て、一輝も誇らしげだ。

（スーパーの売り場が選ばれしものの舞台か。農協だけでなく、水産にしても酪農（らくのう）にしても、日本の基準って世界で見たらすごく厳しんだろうけど。実際、日本から出なければ気付きようもないからな――。収穫物に愛着が湧いたことで、そういうことに気付けたって

ことが、今回は一番の収穫だよな）

士郎もそんなことを感じながら、自分が収穫し、最後は息も絶え絶えながら倉庫まで運んだ中の数本、不格好な茄子たちを見ながら自然と笑みが浮かんだ。

そうして、そこからは子供たち待望のランチタイムバーベキューだ。

準備は子供たちが出荷作業をしている間に、付き添ってきた保護者とこの時間に合わせて肉や魚介などを差し入れに来た颯太郎たちが済ませていた。

「父ちゃん！　これ、七生がとった茄子！　こっちは俺のズッキーニで、こっちはいっちゃんのトマト！　食べて!!」

「なっちゃよ〜っ」

「そう。すごいね。樹季や充功も、これならモリモリ食べられそうだね」

ここぞとばかりに「見てみて」をする武蔵と七生。

そして、これを受けて話を充功と樹季に振る颯太郎。

「――」

「……」

黙る二人を前に、士郎は今にも吹き出しそうになりながら、炭火で焼かれた野菜を口に運んでいた。

自分たちで採った野菜を洗って、切って、焼いて食べる。

労働の疲労感と達成感、収穫物への愛着が、今は何よりの極ウマなスパイスだ。

「一輝が言っていた大変って、こういうことだったんだな」

「遠足や家で行くお芋掘りとかイチゴ狩りとは、ぜんぜん違うもんな！」

普段なら肉中心で食べるだろう晴真や大地たちも、今日は自分で採った野菜をよく食べている。

「三奈、本当はトマトやキュウリの収穫も一個や二個じゃなくて、いっぱいのケース一杯が何個もってなったところで、うわ～って思ってた」

「私も！　それでもまだチョッキンとか、もぎっとやる感じだから、大変だけど楽しい～ってなってたけど。これが耕す感じの芋掘りって、また違うんだろうね」

そしてそれは、水嶋や浜田たちも同じだった。

「まあ、それは午後からのお楽しみだな！　本当にきつい畑仕事はこれからだ！」

しかし、そこへ一輝がからかうように言ったものだから、星夜や優音、智也たちは「「「うわ～っ」」」と声を揃えた。

これには我慢できずに、士郎はとうとう吹き出してしまった。

ランチと食事休憩を終えると、午後から部活のある晴真や優音たちは一足先に帰っていった。

名残惜しそうではあったが、職業体験はまだ始まったばかりだ。まったく都合のつかない子供たちからすれば、半分でも参加できる晴真たちは幸運だ。

それは本人たちのほうが自覚があるようで、立ち去るときには士郎たちに、

「みんな！　午後も頑張れよ〜っ」

「あとでブログ報告お願いしま〜す！」

口々に声を上げて、各自乗ってきた自転車で学校へ向かった。

士郎からすれば、「体力あるな」の一言に尽きる。

だが、午後の職業体験――労働は、ここからだ。

「そしたら、芋掘りを始めるぞ！」

「はーい」

付き添いで来た保護者たちには、そのまま子供たちを見てもらい、食材を差し入れに来た颯太郎たちがバーベキューの後片付けをする。

そうして士郎たちは、一輝に教わりながらサツマイモの収穫を始める。

以前一輝が愚痴っていた、先に蔓を刈り取ってから、クワで掘り上げて行く方法だ。

「うわ〜っ。シャベルで掘るのと全然違う！」

「遠足の芋掘りって、一人分の幅が一メートルもなかったから、たくさん出てきてわーい

わーいってはしゃいでたけど……。五十メートルはありそうな一列を一人で掘るってなったら、一輝が愚痴りたくなるのもわかるよ」

「今日は特別に一列を四人で分けて――だけどな。それでも、俺。鎌(かま)もクワも初めてだから、重いし、腰が痛いし、大変だ～」

午後は道具、それも刃物を使うとあり、四人ひと組で一列を振り分けられた。

芋蔓切鎌やクワを使う作業は見守りの中学生も参加し、高学年と一緒に。

そして、切った蔓を除き、掘り出された芋を箱に入れていくのが、低学年から下のちびっ子たちの作業になる。

「わ！　充功さんや佐竹さんたち、蔓切るの上手！」

「うん！　中学生のお兄さんたち、すごい！」

ここへ来て、充功とその仲間たちも大活躍だ。

夏休みなのをいいことに、金髪だ茶髪だと染めている、ちょっと怖そうで派手な中学生たちが、小学生たちからヒーローのように囃し立てられ、鼻高々でせっせと蔓を切っていく。

これには付き添っている保護者たちまで、微笑んでしまう。

（さすがは充功の声かけで集まったメンバーだよな。一見悪そうに見えて、嬉々として子守はする。畑仕事は手伝う。誉められたら笑顔で倍働くとか）

だが、この四人ひと組の作業を、毎日一人でこなしているのかと思うと、子供たちの一輝を見る目は、いっそう尊敬の眼差しとなった。

実際に収穫の手本を見せてもらい、自分もやってみることで、理屈抜きに大変さがわかるからだ。

（それにしても、意外だな——。あ、そう言えば）

その一方で、周囲から注目を集めていたのが柴田だった。

士郎が気付いたときには、彼女は自らクワを持っており、蔓が切られて片付けられた土を淡々と掘り起こしている。

「麗子、なんかすごいね。集中力？　執念？」

「うん。何かにとり憑かれたみたいに、お芋を掘り起こしてる」

両隣で作業をしていた朝田と水嶋が茫然としていた。

「柴田。平気か？　無理しなくてもいいぞ？」

「リズムが狂うから話しかけないで」

「——え!?」

しかも、この様子に気付いた一輝が声をかけるも、柴田は返事こそするが振り返ることもしない。

「一、二、三——。一、二、三——ふふっ」

本人が言うように、クワを振り上げ、振り下ろすのに都合のいいリズムがあるようだ。

また、土の中から大きなサツマイモが姿を現すと、よほど嬉しいのか、そのたびに口角を上げている。

「笑ってる？」

「こんなに大変なのに？」

「多分、そういうのを超えて、楽しくなってきたんじゃない？　掘っても掘ってもたくさん出てくるから」

これには朝田たちも首を傾げていた。

四人の中では一番付き合いが長く、また仲のよい浜田でさえ、柴田の心境を想像してみるも、半信半疑で言っているのがわかるほどだ。

「柴田。どっちかっていったら、美人モデル系だし、一番農作業とか遠そうなイメージだったのにな」

「だよな」

大地や智也も「キャラじゃない」とでも言いたげだ。

そこに士郎が話に加わる。

「柴田さんは確か、焼き芋が大好物なはずだから。このあとに、焼いて食べられるのが楽しみなのもあるんじゃない？」

「え⁉　そうなのか！　柴田が焼き芋？」

「幼稚園の頃から変わってなければね」

「あ！　そういえば幼稚園のお芋掘りで、クラスで一番大きいの掘ったときの写真が、ものすごいドヤ顔だった！」

　すると、大地たちは驚いていたが、浜田は士郎の一言で思い出したようだ。

「確かに！　頭と同じくらいのを掘り当てて、太陽に掲げてる写真を見たことがある！」

「うん！　そうだった‼」

　確かに柴田は焼き芋が好きだが、大食いなわけではないし、おやつ代わりに食べることはあっても、そこからこの掘り起こし作業の姿は想像ができなかった。

　だが、言われてみれば食べるだけでなく、掘るところから好きだったのだろうことがわかる写真の存在を思い出したのだろう。

　朝田や水嶋も「確かにすごいドヤ顔だった！」と、はしゃぎ始める。

「芋だけでなく、ここには意外なネタまで埋まってたんだな。柴田って確か、渋谷でスカウトされたことがあるくらいなのに――」

　智也からすると、いつの間にか抱いていた柴田のイメージが急変して、呆気にとられている。

「本当にな。ってか、平和だ～。これだから士郎の声かけには、どこにでもついて行っちゃうんだよな～」

「──ねぇ。あれって、ありなの？」

大地など、このどうでもよさげな話題で盛り上がれるところに、改めて感動している。

が、そこで星夜が二人に声をかける。

士郎も釣られて「ん？」と振り返った。

すると、星夜の視線の先にいたのは、武蔵と七生とエリザベス。

何やら武蔵が、従来の芋掘り遠足のようなやり方で、蔓の周りの土をシャベルで掘り起こしているようだ。

しかし、触っていたのは上のほうだけで──？

武蔵は七生が手にして待っていた紐──エリザベスが装着しているハーネスから伸びたリードとは違うロープの先に、S字の金具がいくつか着いているもの──を受け取ると、そのS字に、何本かサツマイモの苗を絡みつけた。

「いいぞ、七生」

「あいちゃ！　えったん！　ゴー」

「バウン」

七生に合図をされると、エリザベスがのそっと歩きだす。

「ゆっくり！　じわじわ～！　いいぞ、エリザベス！」

「えったん、がんば！」

「バウ～っ」

　すると、もともと土壌がよく、土自体が柔らかでふかふかしているのもあるのだろうが、エリザベスが何歩か歩くと、土の中から芋が姿を見せ始めた。

　蔓がずるずるずるずると伸びながら、ずぼずぼずぼずぼっ！　と、気持ちよいくらい芋が引っ張り出されていく。

　そして、途中で蔓から芋が外れないように、武蔵と七生が両手でせっせとフォローし、エリザベスが一メートルも歩く頃には、大小のサツマイモが十数本引き抜かれていた。

「わ！　七生、見て。でっかい、お芋!!」

　中でも一番大きな芋を両手で掴むと、武蔵が頭上に掲げた。

　まさに、柴田の昔の写真そのものだ。

「やっちゃ！　えったん、うんまよ～っ」

「バウ～ンッ」

　武蔵も七生もエリザベスも大喜びで、全身土塗れだが気にしていない。

　特にエリザベスは、帰宅後のお風呂が大変そうだが、本人たちはまさに収穫の喜びを味わっている真っ只中だ。

　とはいえ、思わずジッと見続けてしまった星夜たちには、動揺が起こっていた。

これが晴真なら「すげえ！　武蔵たち頭いい‼」で大はしゃぎだろうが、この場で目を見開いていたのは、その先まで考えるタイプの子たちだからだ。

「――で、あのやり方はありなの？　誰が教えたの？」

「きっと士郎が知恵付けたんだろう」

「え⁉　僕じゃないよ」

あまりに上手く掘り出していたからか、星夜や大地から士郎の入れ知恵を疑われる。

しかし、それほど武蔵や七生だけで考えたとは思えない方法だったということだ。

「なら、誰だよ。さすがに武蔵や七生じゃ考えつか……、あ！　樹季か」

――と、ここで大地が樹季の存在に気がついた。

樹季は武蔵の代わりにクマを背負い、「ふふふ」と微笑みつつも、サツマイモを抱えて喜ぶ七生と武蔵の額の汗をタオルで拭っている。

きっと、また「いいこと思いついた！」で、こんなことをやらせたのだろう。

おまけに樹季たちの子守担当が激甘な佐竹と沢田では、止めることもない。

むしろ「すげぇすげぇ！」と、褒めちぎるだけだ。

「うわ～。樹季も知恵を付けたな」

「さすがは士郎の弟だけあるよ」

「まあ、普段から中学生に鞄を持たせて登校するくらいだからな。武蔵と七生とエリザベスを使うくらいわけないよな」

「――うん。ここでもやっぱり充功さんの友だちは、使われてるっぽいしね」

そうして掘り返された芋をケースに入れて、運んでいるのも佐竹と沢田だった。

今日は樹季と武蔵から直々に「俺たちと組んでください」「七生はみっちゃんが見てるから、僕と武蔵をお願いします！」と言われた分、普段以上に大はりきりだ。

しかも、七生を見ていたはずの充功は、今は二人に任せて、一輝の父親の元にいる。

このあとに控えている焼き芋の準備を手伝っているのだ。

「やった～！　大収穫!!」

そうこうしているうちに、割り当てられた分をすべて掘ったのか、柴田が声を上げた。

いつ見てもスレンダーなモデル系美人を地で行く柴田が、掘り当てた中でも一番特大だろうサツマイモを頭上に掲げて大はしゃぎ。

集合したときには、同じ麦わら帽子の農作業姿でも、雑誌に載りそうなオーラを持っていたのに、今は武蔵や七生同様土塗れだ。

「わ！　麗子お姉ちゃんのお芋、すごーい！」

「うわ～っっっ。でっかい！」

「きゃ～っ！　いも～っ!!」

近くに居た樹季や武蔵、七生も大興奮で一緒になって芋を掲げて収穫の舞？

クルクル踊って、キャッキャッしている。

「くっ！」

これには士郎だけでなく、浜田や大地たちも笑ってしまった。

「柴田～っっっ」

「芋の前では、武蔵や七生と同レベルとかって！」

それは心から好意に満ちた笑いであって、決して冷やかしであったり、蔑みであったりの部類ではない。

むしろ周りを元気に、活気づけるものだ。

「よし！　俺たちも柴田に負けないように、続きを掘るぞ！」

「おー!!」

まるで宝を探し当てたような柴田に煽られてか、子供たちはもりもりと芋掘りの作業を再開した。

そして大きなサツマイモが出てくる度に、「記録更新！」と声を上げながら頭上に掲げて、お互いに喜び合うのだった。

6

(——あれ？　一叶くんは？)

士郎が消えた一叶に気付いたのは、「焼き芋を始めるぞ！」と、充功から声がかかったときだった。

士郎は改めて辺りを見回す。

すると、収穫したサツマイモを倉庫へ運んでいた一輝が、憤りも露わにして歩いているのが目に留まった。

(ん？)

嫌な予感がしたと同時に、一輝が士郎の視線に気付いて、目が合った。

瞬間、一輝が口をへの字に結んで俯く。

(何かあったのかな？)

士郎は一緒に組んでいた充功の友人に断りを入れて、一輝の元へ走る。

「どうかしたの？」

一輝は説明するのを躊躇う反面、士郎と目が合ったところで、話を聞いてほしい雰囲気を見せていた。

なので士郎も、一応は聞く。

話を逸らされたら、それはそれでいいかという前提だ。

「……いや、その。一叶とちょっと」

「一叶くんと？」

だが、一輝はやはり聞いてほしかったのだろう、今し方一叶と喧嘩したことを打ち明けてきた。

どうやら一叶と一輝の喧嘩は、バーベキューのときから始まっていたようで――。

〝農薬まみれの野菜なんか食べたら、病気になるのに〟

〝なんだって？〟

〝だってそうだろう。虫も食わない野菜だぞ。普通に考えたって怖いだろう〟

〝――は!?　お前、叔父さんに教わってないの？　農薬には国で認められた基準値っていうのがあるんだよ！　ちゃんと人が食べても病気にならない、でも虫は避けるっていう質や量があるんだ。普通に考えたってわかりそうなもんだろう！　虫と人間じゃ違うんだから、人間は食べても大丈夫なんだよ。だいたい俺んちは慣行でも減農薬だ！〟

〝そんなの農薬を使う農家の言い訳だろう。農薬は環境にだって悪いし、生態系だって壊しかねないのに〟

〝なんだと!!　それを言ったら有機野菜だって農薬や肥料は使うだろう〟

〝使っていいのは、天然由来（ゆらい）のものだけだ！　化学肥料や農薬を使わないのが有機だからな！〟

結局あの場で一叶は自分で収穫した野菜さえ食べずに、肉や魚介だけを食べていたようだ。

一輝は腹が立ったが、その場は堪えた。

みんなが美味しそうに食べているのに、こんなことで争っていることを知られたくなかったし、自分自身もこのときは楽しいほうを優先したかったからだ。

しかし、サツマイモを掘り始めても怒りは収まらず。

また、一叶のほうも、みんなに収穫を指導し尊敬され始めた一輝に嫉妬したのか、態度が悪いままだった。

士郎たちは柴田や武蔵たちの芋掘りに気を取られていて気付かなかったが、一叶の荒々しい動きが一輝には掘り出された芋に八つ当たりをしているようにしか見えない。

それで注意をすると言い争いになり、勝手に帰ってしまったとのことだ。

「まあ。どうせ焼き芋のおやつになったって、食わずに文句だけ言うんだろうから、いいけどさ」

「——一輝くん」

二人が立ち話をしているのを気にしつつも、大地たちは顔を見合わせると、充功のほうへ走って行った。

それは樹季や武蔵も同じで、きっと大切な話をしているのだろうと判断。サツマイモを持った七生やエリザベスを誘導して、焼き芋作りへ向かったのだ。

「ごめん。また愚痴っちゃって」

「そこは気にしなくていいよ。僕から聞いたんだし」

「士郎……」

「でも、一叶くんって、そんなに自然食とか有機思考だったっけ？　普通に給食も食べてるんだから、無農薬しか受け付けないってことではないよね？」

士郎は、周りが気を遣ってくれたこともあり、もう少しだけ踏み込んで聞いてみた。

以前、浜田の母親が料理ブロガーとして活躍し始めると同時に、有機食品重視の健康食指向に突っ走ってしまったときがある。

だが、その煽りを受けた浜田は、食材の質はともかく、薄味の食生活に音を上げた。

しかも、アレルギーと偽り（いつわ）学校給食までお弁当持参にされかけて、士郎に助けを求めて来たこともあったからだ。

しかし、一叶の偏食（へんしょく）はそういうことではないようだ。

「一叶が食べたくないのは、うちの野菜だけだろ」

　一輝は内心の腹立ちを士郎にぶつけないよう、我慢しながらも今一度俯いた。

　そして、顔を上げると、

「――あ、焼き芋が始まった。行こう、士郎。うちはさっきも使った超大型バーベキューコンロに、焼き芋屋さんもよく使う天然黒玉石（くろたまいし）を敷いて焼くんだ。遠赤外線効果で、ホクホクの石焼き芋になるんだぞ。もちろん、普段は冬しかやらないけどさ！」

　声を弾ませつつも、思うように笑顔が作れなかったのか、顔は逸らすようにして走り出した。

　士郎は「うん！」と答えてあとを追うも、一輝たちの輪の中へは入らずに、木陰で休む振りをして考える。

（一叶くんが食べたくないのは、『うちの野菜だけ』か）

　柴田や武蔵たちが喜んでいただけに、一叶の拒絶に対する憤りが大きいのだろう。

（それでもこうして体験に来ているんだから、一叶くんもまったく興味が無いとか、完全に否定しているわけではないよな？　もちろん、これを口実に塾を休ませてもらうし、みんなが集まるから来ただけっていう可能性は否（いな）めないけど。でも、収穫自体はちゃんとやっていたし、嫌な顔もしていなかったしな……）

　士郎は、企画の発起人として、常に周囲を気にするようにはしていた。

だが、一叶が嫌そうにしていたところは見ていないし、むしろ列が隣だった広夢が迷っているると、自分なりに教えて笑い合っていたので、楽しんではいたはずだ——と思う。

（となると、やっぱり一輝くんがこの場ではリーダーシップを発揮していて、みんなから誉められていたのが気に触ったのかな？　もしくは、自分の家の体験になったら見ていろよ！　的な？）

「ごめんなさいね、士郎くん。せっかく今日みたいな素敵な日を作ってくれたのに。あの子たちったら」

「——」

首を傾げた士郎に、声をかけてきたのは一輝の母親だった。

冷えた麦茶のペットボトルを差し出してくる。

作業着姿ではあるが、背中まで伸びた茶髪のくせ毛を後ろでひとつに結び、一年中、日に焼けた肌でニコニコしており、海が近いわけでもないのに「趣味はサーフィン？」と聞きたくなる、筋肉質な目鼻立ちのはっきりとした女性だ。

彼女は一輝の父親とは地元高校の同級生で、実家は平和町にある。

大学を卒業後に都内で就職をするも、かなりのブラック企業だったようで、体調を崩して実家へ戻ったときに、一輝の父親と再会。交際に発展し結婚に至ったことは、蘭を含むママ友たちの立ち話にも出てきていた。

それが学校の廊下だったこともあり、士郎も側にいたので、彼女が「私はアウトドア派だから、農家の嫁には向いていたみたい」と、笑顔で話していたのを覚えている。

「別に親戚同士で揉めたり、いがみ合ったりする理由もないはずなんだけど。どうにも、昔から父親たちが不仲というか、何かにつけて張り合っていて。一輝と一叶は、完全に影響を受けちゃっているのよね」

「お父さんたちがですか？」

「サラリーマン家庭で育った私や義弟嫁さんからしたら、先祖代々長子相続で家業を継いできたのが、兄弟仲を悪くしただけの気もするんだけど。かといって、一人っ子でも無い限り、こうした決まり？　約束事みたいなものがないと、それはそれで争うことになりかねないみたいで。継ぐにしても、拒否するにしても——ね」

一輝の母親は、今更隠す必要も無いからか、子供たちが影響を受けている父親たちの事情を打ち明けてくれた。

「一叶くんの家は有機農家さんですよね。お洒落な野菜を作ってるって聞きました」

「ええ。それはそれで、私は素晴らしいなって思うし、家にはなかったノウハウを身に付けるためにたくさん勉強も努力もしたんだから、素直に称賛すればいいって思うんだけど。うちの人からすると、自分が高卒で家を継ぐって決まっていたから、弟は大学まで進学できたのに感謝もない。しかも、結局農業をするなら、自分と一緒にやればよかったものを、わざわざ――って。まあ、学歴コンプレックスもあるのかな？　時々、こんなことなら自分も大学へ行けばよかったって、漏らすことがあるから」

　恐らく、士郎が知らなかっただけで、兄弟の不仲や対立を知る者たちは多いのだろう。

　このあたりは、地元出身ならではだ。父親のほうは、今回は怪我で町内祭関係には不参加だったが青年団にも入っている。

　だが、今にして思えば一叶の父親は一度地元を離れているためなのか、青年団には入っていない。

　所有の畑も黄金町にあり、住まいも旧町寄りではあるが希望ヶ丘新町だ。

　中には脱サラでこの地へ越してきただけで、生まれがここだとは知らない新町民がいても不思議がない。

　士郎にしても一叶が同級生でなければ、そう思っていただろう。

　農業以外に在宅ワークをしている兼業だと知ったのも、颯太郎が運動会で会ったときに、一叶の父親から世間話がてら聞いていたからだ。

「かといって、義弟さんのほうからすれば、最初から跡継ぎは長男って決まっているから、幼い頃から疎外感みたいなものがあったみたいで。しかも、お義父さんが早くに亡くなってしまったものだから、代替わりしたときに、今後のやり方でも意見がぶつかって……。

せめて子供たちだけでも、仲良くって思うんだけどね」

そう言って苦笑を浮かべると、一輝の母親は友人たちと笑い合う息子に目をやった。

本当なら、そこに一叶もいてほしいのだろう。

どちらも一人っ子で、年も同じだ。近くに住んで行き来のできる従兄弟同士なのだから、仲がいいに越したことはない。

お互いに助け合えるような関係を望むのは、母親としては当然のことだろう。

ただ、士郎自身は二人の仲が、それほど心配だとは感じていなかった。

なぜなら――、

「そうですね。でも、僕が聞いた限り、二人がぶつかり合っている話題って、農業とか作物絡みばかりですよ。まあ、これが個々の愚痴になると、お手伝いが――とか、塾が――とかになりますし。お互いにしんどいことが違うので、共感できない分、相手のほうが楽なはずなのにって思ってしまうようですが。それにしたって、お手伝いも塾も結局は農業絡みですからね」

一輝の母親に説明したように、士郎は他の話で揉めている二人を見たことがなかった。

また、校内で誰かが争いになれば、大概耳に入ってくるが、そうしたときでも一輝と一叶の揉め事の内容は実家の農業絡みだ。

変な話、二人の対立関係を作っているはずの父親たちのことさえ滅多に出てこない。

祭りのときにはチラリと耳にしたが、それだって愚痴のほうだったからだ。

「少なくとも、僕の周りに農薬や肥料の有無で言い争う子供は他にはいません。けど、これって二人が文句を言いながらも、きちんとご両親の仕事を見ているし、理解しているからこそだと思うんです。今はまだ、意見が合わないのでギャーギャーやりたくなるんでしょうけど、直に気付くと思いますよ。そもそも農業の話題で言い争える相手は、近くにお互いしかいないってことに」

改めて口にすると、士郎は笑わずにはいられなかった。

子供同士、それも小学四年生ならば、ゲームの勝敗でも相手が気に入らないとかでも、揉める理由はいくらでもあるだろう。

しかし、一輝と一叶は一貫して慣行農業と有機農業で言い争っているのだ。

先ほどは、特に気にもせず聞いていたが、よく考えれば「国の基準値」だの「環境や生態系の破壊」で言い争った結果、ふて腐れて帰ってしまうなんてと、突っ込みどころ満載だ。

これなら「俺の芋だけ、どうして生焼けなんだよ」くらいで争うほうが、まだ十歳児の喧嘩としては納得もできる。

そして、こうした角度から二人の争いを分析すると、問題の父親のほうも実は大差が無いんじゃないか？　と思えてきた。

「そして、子供が気付く頃には、きっとお父さんたちも気付きますよ。対立って一人ではできないし、相手がいないと成立しない。そして、たとえ周りから見て、ヒヤヒヤするような仲でも、年々収穫の質や量がよくなっていったなら、そこはもう好敵手ですよ。根底に負の感情があるにしても、それがいい形で仕事に反映されているなら、お互いの存在が良質な肥料になっているってことだと、僕は思うので」

士郎は、あくまでも自分の視点から見ると、という体で話をした。

言われてみれば――と、一輝の母親も同意できる部分があったのだろう。

見る間に表情が明るくなった。

「――そうか！　そうよね。結果に結びつけば、好敵手！」

「はい」

士郎は自分でも物は言い様だなと思った。

生まれたときからの兄弟関係や、これに相続問題が関わって今に至るのだから、実際はこんな言葉で納得してくれるほど安易な内容ではないだろう。

そこは士郎も想像が付く。

しかし、ほんの少しでもお互いへの感情が、豊作に結びつく努力や労力に繋がっているとしたら？

そこに気付くだけでも違うのでは？　と、士郎は思えた。

それこそ物は言い様なだけでなく、気の持ち様で――。

「ありがとう、士郎くん。結局私まで愚痴っちゃって。親子どころか、親族揃ってこんなんで、ごめんなさいね」

ただ、こうした士郎の考えに、一輝の母親は賛同できたようだ。

今はこれだけでも安堵する。

「そんな。あ、一輝くんたちが呼んでるので、行きますね。麦茶、ご馳走様でした」

「いえいえ」

士郎は今一度微笑むと、もらったペットボトルを手に、一輝たちの元へ走った。

丁度、大型のバーベキューコンロの蓋が開けられる。

中に敷かれた石の上には、焦げめも香ばしい石焼き芋が出来上がっている。

「うわ～っ。焼けた！　美味しそう」

「夏に焼き芋ってどうなのよって突っ込みたいけど、いい匂い」

「うんうん。美味しそう～っ」

「早く食べたい！」

「倉庫の中に、エアコンの入った休憩室があるから、そっちへ行こう」

「「「はーい」」」

一輝の父親は、はしゃぐ柴田たちを倉庫内へ誘導する。

一輝自身は士郎が側へ来ると、

「本当は少し寝かせたほうが、サツマイモは美味いんだ。水分を多く含むから、甘みが少なくて――。けど、やっぱり自分で掘ったのを、その場で食べる以上の美味さはないもんな。あ、でもホクホクなのは掘り立てのほうが上なんだ」

さも当然のように、ゲーム効力の話でもするように、食べ頃を語ってきた。

士郎はここでも吹き出しそうになるのをジッと堪える。

（だから、十分農業博士だよ！）

焼き立ての芋は、一輝の母親や保護者たちによってザルに入れられ、倉庫の中へ運ばれる。

颯太郎は仕事があったからだろう、すでに帰宅していた。

「いっも～っ！」

「七生。熱々だから、ふーふーしてからもらおうね」

「そうだぞ！　あれ、すっごく熱いからな！　手で持てるまでは、触ったら駄目だからな！」

「あいっ！」

「エリザベスもだよ」

「バウン」

その後は、エアコンの効いた休憩室で石焼き芋を食べて、七生や樹季、武蔵やエリザベスもご満悦。

当然、柴田たちも終始キャッキャッで、大地たちも「誰が掘った芋が一番大きかったかな？」などと話しながら盛り上がっている。

引率してきた保護者も、顔を見合わせながら満面の笑みで、本日の農業体験は終了となった。

子供たちはお手伝いのご褒美として、収穫した中から規格外のものではあるが、たくさんの野菜をもらって帰宅していった。

さすがに一日外に居て、電池が切れたようになっていた七生や武蔵、樹季や士郎は、充功や佐竹、沢田の自転車に乗せられて、家まで運ばれた。

七生たちが起きていたら歌い出しそうな夕焼けが、西の空を綺麗な茜色に染めている。

「悪いな。毎度毎度」

家の前で充功が友人たちに礼を言っている間に、颯太郎と双葉が寝ている士郎たちを中へ運んでいく。

それを見守るように、電柱の上からは二羽のカラスが様子を窺い、駐車場に置かれたワゴン車の上からは茶トラが尻尾を振っている。

「気にするなって！　ってか、七生たちも可愛いけど、充功の背中にくっついて寝てるとか、お父さんに抱っこされて運ばれていく激レアな士郎が見られるなら、今週の体験には全部子守参加するって」

「うんうん！　俺も、そう思う‼　ってか、口をむにょむにょしながら寝てる七生も武蔵も、本当に可愛いよな！　寝ながらでも〝ふふっ〟って笑ってる樹季に関しては、夢の中でも、俺なんか頼まれてるのかな？　って気がしたけどさ！」

「それは――ありそうだな」

全員を中へ入れると、充功の足下にはエリザベスだけが残った。

充功が「じゃあ、また水曜日にな」と手を振ると、一緒に尻尾を振って二人を見送る。

「エリザベスも一日ご苦労だったな！　さ、洗うぞ」

（――！）

いざ充功の視線がエリザベスへ向けられると、ここからは風呂場へ直行となった。

「あ、ついでにお前もな！」

（――‼）

最後はエリザベスの背中に括（くく）り付けられていたクマ――氏神も、気がつけば士が付いていたからか、一緒に風呂場へ連れて行かれる。

（うわわわわっ！　またこれか〜っ!?）

さんざん充功にもみ洗いをされて、ぎゅうぎゅうに絞られた上に、ネットに入れられ洗濯機で脱水にかけられた。

どんなに（助けて〜っ）と念を送っても、これをキャッチできる士郎はリビングのソファで爆睡中。

エリザベスに至っては、双葉も一緒になっての洗いからドライヤー、ブラッシングだったこともあり、「オン」とも鳴けず、されるがままだった。

＊＊＊

職業体験の一日目が大成功で終わった勢いに乗ってか、火曜日の金神社で賽銭箱修理見学や水曜日の「あん・パン・クリーム」作りの体験及び「ＡＥＤ——自動体外式除細動器——の使い方見本と救急・レントゲンのお話」教室も、大盛況となった。

「宮大工さんってすごいんだな」

「うん。釘を一本も使わないのに、木だけで組み合わせて——」

「なあなあ。あんこって、美味しく煮るのに、あんなに時間がかかるんだな」

「仕込みも前の日からって言ってたもんね」

「パン生地が膨らむの、楽しかった！」

「でも、やっぱり岡田のおじさんが作ったパンのふわふわとは違ったね」

「うん。あんこはみんなで順番に混ぜたからわからないけど、カスタードクリームも、優音くんのおばさんが見本で作ってくれたのが、一番美味しかった！」

「職人さんが作るのって、やっぱり違うんだね！」

特に、ランチでは焼きたてのあんパンとクリームパンを頬張り、誰もが美味しい顔で大満足。

また、午後からの教室についても――、

〝そういうことなら、当日空いている会議室を使用して構わないよ。せっかく子供たちが学ぶ気になっているんだ。なんなら、院内も案内してあげるといい。午後なら受診の患者さんも限られている。回り方も、君が付いていれば大丈夫だろうから〟

〝ありがとうございます！〟

九が職場の仲間に職業体験の話をしたことが、いつの間にか院長の耳にまで届いていた。

おかげで、食後に自治会館から病院へ移動することにはなったが、山田と九の教室は総合病院の会議室で行える上に、その後は院内見学までできることになったのだ。

このあたりは、総合とはいえ私立病院で、なおかつ勝の伯父にあたる源（みなもと）医師の口添えもあったのかもしれない。

なんにしても、九も子供たちも大喜びだ。

見学コースは職員たちの仕事の邪魔にならない、極力患者さんとはかち合わないなど、いくつかの条件をクリアできるよう、九によって厳選ルートが組まれる。

「ＡＥＤって、機械がしゃべるとおりに使えばよかったんだな」

「うん。なんか人工呼吸？　みたいに、頭と身体でやり方を覚えるのかなって思ったけど。覚えていても、ちゃんと機械の指示通りに使うのが大事なんだもんな」

「確かに、急に使うことになったら、大人でも焦るしね」

そうして士郎たちは、会議室を出ると二列に並んで院内見学を始めた。

「勝くんのお父さんの救急のお話も、智也くんのお父さんのレントゲンのお話も面白かったね」

「学校でする勉強と何が違うんだろう？　やっぱり、仕事にしていると毎日いろんなことが起こるから、その分話も増えるのか？」

「あとはあれだよね。路駐（ろちゅう）自動車のせいで、救急車の到着が遅れる話とかは、怖かったよね」

「うん。すぐにでも病院へ運ばなきゃって人がいるのに、ちょっと買い物の間だけって駐まってた車のせいで、救急車が回り道をしなきゃいけないって。それで病院に着くのが遅れて症状が悪くなったりしたら、怒っても怒りきれないもんね」

「間に合わなかったのが、自分や家族だったらって考えてみてねって言われて想像したら、絶対に許せねぇ！　ってなったしな」

　廊下を移動しているときは、会議室で受けたＡＥＤの説明や、救急・レントゲンに関わる話の感想で盛り上がっていた。

　しかし、九が「じゃあ、ここから――」と説明を始めると、子供たちはいっせいに口を噤む。

　患者として来たときには、ほとんど見ることのない場所や、いくつもの医療器具の説明などをしてもらうからだ。

　士郎も興味深く見渡し、また説明を聞いていく。

　さすがに病院へ移動することが決まったところで颯太郎が迎えに来て、樹季や武蔵、七生やエリザベスは自宅へ戻った。

　その分、ここは士郎が見聞きしたことを、お土産話にする予定だ。

（――ん）

　しかし、院内見学が半分を過ぎたときだった。

「ん？　どうかしたんですか、埜田さん」

「あ！　九さん。いいところに！　実は――」

　丁度、放射線科の近くまで来たときだ。

科内で受付業務をしていた事務員の青年が、顔色を変えて飛び出してきた。

そして、その場で九と話を始めたのだ。

(データ？ え!? もしかして飛んだ？)

士郎は一瞬だけ見えた埜田の口元の動きから当たりをつけて、受付窓口から中の様子を窺った。

すると、パソコンの前で血相を変えている女性職員や看護師がいる。

しかも、ここで微かに救急車のサイレンが響いてきた。

それも一台ではなく、二台か三台だ。

これには山田もすぐに反応し、スマートフォンを取り出すと電話をかけ始める。

(こんなときに？)

おそらくどこかで事故があり、一度に複数の怪我人が出たか、もしくは集団食中毒といった、いずれにしても搬送される患者が多数出たのだろう。

子供たちも顔を見合わせ、動揺し始める。

「士郎くん。急に、ごめんね。おじさん、仕事になるんだけど、みんなちゃんと帰れるかな？」

山田は通話を終えると、これから出勤を決めたようで、士郎に確認をしてきた。

「それは大丈夫です。充功たちもいるし、小さい子たちが帰るときは、お母さんが迎えに来てくれることになっているので」

「――そう。本当にごめんね」

「気にしないで、行ってください。お仕事、頑張ってくださいね！」

「ありがとう。では、九さん。また改めて」

山田は九にも会釈をすると、その場から走り去る。

「はい！　じゃあ、智也。父さんも仕事に入るから」

「うん！」

九は九で、自身が勤める科内でトラブルが起こっているところへ、急患が立て続くとあり、この場で応援出勤することを決めていた。

すぐにでも着替えるために、ロッカールームへ走って行く。

「大変な仕事だな」

父親たちの背中を見送りながら、一叶が呟く。

「うん。でも、きっと大変じゃない仕事なんてひとつもないよな。確かに派手だったり、キラキラしたりして見える仕事があるのは、間違いない。けど――、それと大変さは比例しないもんな」

これに一輝が答え、智也も同意するようにコクリと頷く。

サッカーの練習で来られなかった勝にしても、この場にいたらきっと同じように改めて父親の仕事を見直していることだろう。

士郎は、目に見えて子供たちの意識が変わってきたことに、ふっと微笑む。

そして、そんな士郎の肩を充功が「上手くいってるな」とばかりにポンと叩く。

「そうだよね。っていうか、そうなんだよ！　広夢くん。三奈たち、ゴミが捨てられなくなったら、大変なんだから！　どんなにママがゴミ出ししてくれても、回収してくれる清掃局の人たちがいなかったら、家ごとゴミで埋もれちゃうんだからさ」

すると、ここで水嶋が広夢を名指しにした。

士郎の例え話が効いているのか、改めて考えたときにゴミ回収がどれほど実生活に関わってくるのかを痛感したのか、妙に力が入っている。

「う、うん」

若干押され気味ではあるが、広夢も頷いていた。

実際のところ、本人がどう思っているのかはさておき、以前と違って、周りが率先して父親の仕事の大切さを説いてくれるので、大分落ち着いているように見える。

「とにかく、ここに居ても邪魔になるといけねぇから帰るぞ」

ここで充功が声をかけた。

士郎が「そうだね」と相槌を打ったところで、水曜日の職業体験は終了となった。

帰宅後――。

勝と智也からのメールに士郎が気付いたのは、夕飯を済ませてからだった。

スマートフォンを持っていない士郎は、いつもこの時間にリビングに置かれた家族用のデスクトップでメールチェックをする。

子供部屋には自分専用のノートパソコンもあるが、メールチェックや士郎塾ブログの更新は、もっぱらこのデスクトップ。颯太郎が仕事で使っていたお下がりで、家にあるものの中では一番古いものだ。

しかし、士郎が高スペックに改良しているので使いやすい上に、この時間は帰宅した寧がまだ食事をしていたり、弟たちと会話を楽しんでいたりするので、同じ空間に身を置きたいのもある。

（――ああ。さっきの搬送って、黄金町で起こった玉突き事故に、急患が重なっていたのが原因だったのか。駅向こうまで行けば、大学病院や大きな総合病院がけっこうあるけど、こっち側だとさっきの総合病院が一番大きいし。何より外科医としては、腕も評判もいい源先生がいるから、患者さんの容態や緊急性によっては、今日みたいに集中することもあるんだろうな。本当に大変だ）

帰宅した父親たちに聞いたのだろうが、勝と智也からのメールには、先ほどの救急理由がざっくりとだけ書かれていた。

さすがに放射線科でどんなトラブルが起こっていたのかには、触れていなかったが。

院内で使用するパソコントラブルのようだし、無事に解決しているといいな――と、士郎は思う。

（――ん？　脳科学研究所の見学？）

ただ、智也のメールには、救急の話とは別に、九からの伝言も書かれていた。

士郎はざっと内容に目を通すと、ひとまず「お父さんに聞いてみるね」とだけ打って、返信をした。

そして、パソコンデスクから立つと、キッチンでコーヒーを淹れていた颯太郎の元へ向かう。

「お父さん。急なんだけど、智也くんのお父さんが〝以前勤めていた職場の脳科学研究所に、見学に行きませんか〟って誘ってくれたの。明日、行ってもいい？」

「脳科学研究所？　明日？」

このやり取りにすかさず反応したのは、ダイニングテーブルに着いていた寧、双葉、充功。特に眉間に皺を寄せたのは、充功だ。

一方、樹季、武蔵、七生の三人は、リビングでクマを囲んで食後のお楽しみタイム。

「いっちゃん。これ、ちび丸で可愛いね」

「でしょう」

「いっちゃ、うんまよ～っ」

「七生の手にもピッタリ！」

日中の体験教室のさい、樹季がお持ち帰り用に生地を丸めて作ったミニあんパンとクリームパンに夢中になっている。

「そう。さすがに、みんなでぞろぞろ行くのは無理だから智也くんと僕だけになるけど。先日の騒ぎのお詫びも兼ねて、恩師の先生が施設内を案内してくれるから。もし、こういった職業に興味があるなら、どうかな？　って」

「研究所の先生が？　わざわざ？」

やけに明るく聞いてくる士郎を見て、颯太郎が訝しげに首を傾げる。

「うん。相手の先生も前に〝頭のＣＴが見てみたい〟なんて軽く頼んだがために、智也くんの誤解を招くわ、九さんの研究データの一部は吹き飛ぶわで、申し訳なかったって。そこに今回の職場体験の話題が出たから、それなら――って申し出てくれたみたい。で、九さん自身も、親子で迷惑をかけたし、僕の勉強の足しになればっていうのと。何より、こうした研究職そのものに、少しでも興味を持ってくれたら嬉しいからって」

「――待てよ。それってなんか怪しくないか？」

士郎の説明を聞くと、颯太郎が何かを言う前に、充功が席を立ち上がった。

「そうだよ。智也くんのお父さんは、士郎の奇跡的に綺麗な形の脳みそにはしゃぐような、ちょっと俺には理解ができない斜め思考の研究者さん上がりなのは聞いたよ。けど、そのCTを見たがった恩師さんのほうは、何が目的なのかわからないだろう?」

「うん。寧兄の言うとおり。士郎の頭がよすぎるから、どんな脳をしてるんだ? とか。今後の研究材料にしたいとかって、企んでるかもしれないのに」

　席こそ立たちはしなかったものの、寧と双葉も続いた。

「うん。心配してくれて、ありがとう。でも、だからこそ、この機会に見に行けたらなと思ったんだ。せっかく相手から誘ってくれたことだしね」

　心配をする兄たちに対しても、士郎はニッコリ笑って返した。

　むしろ、わざとらしいくらい朗らかに——だ。

「そうしたら相手の企みというか、本心を確かめるために行くってことか」

　すると、ここで双葉が士郎の思惑に気がついた。

　士郎は「正解」と言いつつ、眼鏡のブリッジをクイと上げる。

「だって、最悪を想定した場合。九さんが、その恩師である教授に利用されているのに気付かないまま、僕に何かしちゃったら大変でしょう。仮に研究熱心からだったにしても、相手は見ず知らずの子供のCT画像を見てみたいなんて言っちゃう常識知らずな人だ。かといって、九さんからすれば恩師で元同業者なんだから、何かを疑うっていう概念もないだろうし」

一瞬前とは打って変わり真顔になった士郎は、最悪を想定しているとはいえ、「虎穴(こけつ)に入らずんば虎児を得ず」といった覚悟のようだ。

それにしたって、悪い顔をしている。

寧と双葉の頰が、自然と引きつってきた。

「あ……、なるほどね。確かに悪気のあるなしに関係なく、院内撮影のCTを見たがる時点で、情報漏洩(ろうえい)なのに。そういう常識に欠けてそうだもんね」

「うん。かといって、実際に会ってみないことには、人となりはわからない。実は、本当にただの興味本位で、その綺麗な造形の脳を見てみたい！　って、なっただけの学者さんかもしれない。それで、直接会って確かめようってことか」

こうなると、兄たちは九の恩師が〝ただの常識知らずな困ったさん〟であることを願うばかりだ。

ただし、どんなに悪気がなくても、変に士郎の賢さに興味を持たれても、それはそれで困りものなのだが――。

「そういうこと。でも、研究所自体にも興味はあるよ。どんな人が、いったい何を目的に、どんな設備の中で働いてるんだろうな――って」

士郎は寧や双葉と話をしつつ、今一度颯太郎に許可を取ろうと目を向けた。

　すると、ここで充功が挙手をする。

「なら、俺も行く！」

「――え？」

「別に兄弟が一人増えるくらい、文句ないだろう。むしろ、これぐらいで嫌な顔をするような相手なら、そもそも士郎だけに来て欲しかったって、よーくわかるじゃないか」

　驚いて視線を戻すと、名案だろうとばかりに、今度は胸を張っている。

　充功は、士郎に警戒心があることを理解しつつも、同行を志願したのだ。

「心配性だな」

　充功の性格はわかっているが、士郎の口からポロリと漏れる。

「お前が変な奴に目を付けられても困るが、智也がその恩師のせいで、また父親と険悪になっても困る。結局、お前が宥める羽目になるだけだ。けど、そうなったら、巡り巡って、また俺も嫌な気分になるだろう」

「……まあ。だよね」

　だが、充功の言い分は正しい。

　特に巡り巡って――というのが、これまでの事実にしっかり基づいている。

「どうかな？　お父さん」

　士郎が改めて颯太郎に聞く。

「そういうことなら」

充功まで着いていくのは迷惑になりそうだが、それでも颯太郎からすれば安心なのかもしれない。気持ちよく了解を得ることができた。

「ありがとう。そうしたら、智也くんに返事をするね」

士郎はパソコンデスクに戻ると、さっそく智也にメールを送った。

そしてその後は、颯太郎から九家へ電話をかけてもらい、

「ありがとうございます。それでは、充功も含めてよろしくお願いします」

明日の時間確認をすると同時に、御礼を言ってもらった。

7

翌日、木曜日。

「それでは、兎田さん。お預かりします」

「はい。二人一緒でお手数をおかけしますが、どうかよろしくお願いします」

士郎と充功は、車で迎えに来た九と智也と共に、都心にある脳科学研究所見学へ出かけた。

「みっちゃん、士郎くん、いってらっしゃい！」

「いってらっしゃ〜い」

「いってらね〜っ」

最初士郎は、充功まで同行することになり、さぞかし樹季や武蔵、七生が駄々をこねるだろうと心配をしていた。

しかし、そこは颯太郎が先手を打ってくれた。

平日ということもあり寧は仕事、双葉はバイトでいないが、お隣の老夫婦を誘って駅に隣接している大型のショッピングセンターへ。

　まずはフードコートでランチをすませたら、映画館で夏休みのちびっ子アニメ「にゃんにゃんエンジェルズ&ドラゴンソード」の二本立てを堪能。

　その後は買い物をして、夕方近くまで一緒に過ごすことを決めていたのだ。

　これにはちびっ子たちも「行く！」で即答だ。

　出かける目的が一つであれば、即決はなかったかもしれないが、三点セットで提示されたら、満面の笑顔でお見送りだ。

　おかげで士郎と充功は、後ろ髪を引かれることなく出かけることができた。

　ただし、ここでも誰かが背負って連れて行ってくれると思い込んでいたクマは、

「エリザベスが寂しがると可哀想だから、一緒にお留守番してあげてね」

（なんじゃと〜っ）

「バウン!?」

　樹季の配慮によって、犬小屋の中に置いていかれた。

　珍しく長期憑依している氏神も、これにはショックを隠せないようだったが、それ以上に迷惑そうにしていたのがエリザベスだった。

　確かにエリザベスからすれば、久しぶりに子守もなくダラダラし放題だったのに、結果としては氏神の愚痴を聞くはめになるだろうからだ。

（エリザベス、ファイト！）

士郎は、翻訳機がなくても理解できるエリザベスの落胆ぶりに、目と目を合わせてエールを送って、自宅を後にした。

「士郎だけでなく、充功さんも一緒に来てくれるなんて嬉しいな！　俺、今日は前にもらったパンツを穿いて、Tシャツも中に着てきちゃいました！」

移動中、助手席に座っていた智也は、まるで地に足が着いていない状態だった。

言葉通り、彼からすれば士郎と出かけられるだけでも「父さん、グッジョブ！」だっただろうに、そこへ充功が便乗したのだ。

浮かれすぎて訳がわからなくなっており、これには士郎も苦笑いだ。

ただ、充功からすると、この様子が可笑しかったのか、

「――何、その勝負パンツみたいな扱い」

士郎と共に座っていた後部席で、ケラケラと笑っていた。

だが、それもそのはずだ。

智也の言うパンツやTシャツは、単に士郎が自宅へ呼んだときに、ちびっ子たちのプール遊びに巻き込んだので、水着代わりに買い置きをあげただけの品だ。

しかし、同い年でも士郎と違って、智也は縦だけでなく横にも大きい。

それで颯太郎が充功のものを渡したのだが、これが智也にとっての感動を二乗にも三乗

にもした。

　その場にいた佐竹や沢田もノリがいいので、「勇者の最強装備だな」「兎田充功の下着を譲り受けた男って、すげぇパワーワードだ」などと言い盛り上がったので、余計に浮かれたのもある。

「だってなんか、昨夜からテンションが上がりっぱなしで――。今なら晴真たちに焼きもちをやかれて、千本シュートをされても平気なくらい嬉しいです」

　智也は身体を捩って、後部席に笑顔を向ける。

「いや、さすがに脳科学研究所って聞いたら、晴真たちだって納得するよ。そんなところに連れて行けるお前の父ちゃんスゲぇな～で。むしろ、そこで変な自慢に走ると星夜コースってことになるから、気をつけるんならそっちだな」

「あ、はい！　わかりました!!　気をつけます。浮かれすぎないようにします！」

　それでも充功の忠告は的確だ。

　士郎の友人たちの性格だけでなく、夕飯時に上がった話題に関しては、だいたい記憶に留めているのだろうが、それにしても――だ。

（星夜くん。完全に、浮かれて調子に乗って失敗するときの例えにされてるよ。まあ、あれはあれで、いい教訓になったのかも知れないけど）

　士郎は内心「やれやれ」だったが、バックミラー越しに見ることのできる九の顔は、見たことがないほど嬉しそうだった。

つい最近までは、家庭内での個人主義がいきすぎて、家族としては纏まりがなかった。下手をすれば、いつ崩壊しても不思議がないほど――。

それだけに、家族仲がよくなり、表情が乏しかった智也が、こうして笑うようになったのが嬉しいのだろう。

この辺りは、士郎もホッと胸を撫で下ろしている。

両親の喧嘩を隠し撮りした音声データを、ユーチューブにアップすることで行き場のない思いを消化しようとしていた頃を考えれば、なおのことだ。

また、九からも移動がてら、今回の誘いは、以前士郎が駅向こうの大学図書館にも行っていたと耳にしたことがきっかけだと聞いた。

そこで読み耽っていたのが、脳科学系のジャンルだったとも聞いたので、それなら研究所にも興味があるんじゃないか？　なかったとしても、これをきっかけに興味を持ってくれたら嬉しいな！　――というノリで、恩師の教授に話を切り出した。

そこに職業体験の話題が被ったことで、「急だけど、もし都合がよければ、今日なら案内できるよ」となったと言うのだ。

そして九自身も、昨日は途中から休日出勤になったことで、代わりに半休がもらえることになった。

そこへ、もともとあった半休と合わせれば、一日見学に時間がとれるぞとなり、声をかけてみた――とのことだ。

なので、こうした成り行きや九自身には、士郎もさほど警戒はしていなかった。

しかし、この職場見学を提案してきた九の恩師である教授は違う。

なぜなら――、

先日は電話で、そして昨日はメールでありがとう。

改めて、詳細に目を通させてもらったよ。

もしも、この話や経歴が本当だというなら、君が出会った兎田士郎くんは、確かに素晴らしい記憶力の持ち主だし、充分研究対象になりうる。

私もとても興味が湧いてきたし、今後も、事細(こま)かなテストを重ねて、その都度結果を報告してくれたら嬉しい。

今はリモートでも作業はできるし、また一緒に仕事ができたら尚嬉しいね。

ただ、できることなら、やはりその病院で撮ったというCT画像も見てみたい。

今後の調査データと合わせて、これは――となれば、君をその被験者の担当として、現場復帰させることも視野に入れられる。

そろそろお子さんも大きくなってきていることだろうし、よかったら考えてみてくれ。

まだ夢は諦めていないだろう。

よろしく頼む。


相手はつい数日前に、このような内容のメールを、九のところへ送っている。

ただし、これに九は、「士郎くんは息子の友達なので、そういうふうには考えられないですよ」と、すぐに断りを入れてくれている。

そして相手も、「そう言われたらそうだな。ついいつものように反応してしまった、申し訳ない」と言って、すぐに謝罪し、また今回の職場見学も設定してくれた。

形としては、迂闊なことを言ってしまったお詫びも兼ねて——とのことだ。

しかし、士郎からすれば警戒しないわけがない。

これはこれで一種の職業病かもしれないが、教授は「CT画像が見たい」以前に、士郎が充分研究対象になりうるとした。

被験者にする気満々なのが、文面の隅々から溢れていたのだから——。


そして、一時間後——。

自宅を出発したときには、目に映っていたのは大半が空と山だった。

しかし今は、視界のほとんどを建ち並ぶ高層ビルが占めている。

「――さ、着いた。ここが以前、私も勤めていた研究所だ。中には脳科学だけでなく、多数の研究施設が入っているんだよ」

士郎たちを乗せた車は、白を基調とした清潔感のある高層ビルへ到着した。

入り口のビル表札にはNASCITA（ナシタ）と書かれており、九は説明をしながら車を地下の駐車場へ走らせる。

「NASCITA。ということは、おじさんが以前勤めていたのは国立ではなく、民間の医療機器販売製造メーカーの研究所だったんですね」

士郎は周囲を見ながら、九の説明に話を合わせた。

充功と智也は、なんのことだ？　という顔で、首を傾げ合っている。

「そうだよ。NASCITAは研究開発に力を入れている国内屈指のメーカーで、東都（とうと）製薬などの同グループ会社も参加、出資しているから立派なビル……って、士郎くん。どうしてNASCITAを知ってるんだい？　市販薬を売っているような製薬会社ならともかく、ここは医療関係専門の機器メーカーなのに？　あ、テレビでCMでもしてた？」

九は駐車スペースを探しつつ、驚いたようにバックミラー越しに士郎と目を合わせてきた。

何の気なしにさらっと言ってしまったが、九の驚き方を見た充功が、一瞬眉を顰める。

〝警戒してるんだから、ここは少しでもバカっぽくしとけよ！　そうやって知識をひけらかすな！〟

今にも充功の心の声が聞こえてきそうだ。

「いいえ。ＣＭを見たことはありません。ただ、僕がＣＴを撮ってもらったときの機械とか、源先生が使っていた聴診器に書かれていたメーカー名が同じだったもので。――え？　これって同じ会社で作ってるの？　って、なんとなく気になったんです。それで、ネットで調べて、会社概要を……」

士郎は、特に余計なことは言わなかった。

だが、院内で幾度となく見かけたＮＡＳＣＩＴＡの製品が気になったのは事実なので、そこは正直に答えた。

確かに見聞きしたものは忘れないが、だからといって何もせずにそれ以上のことが記憶に残るわけではない。

勝手気まま、好奇心の赴くままと言ってしまえばそれきりだが、士郎の記憶は生きているだけで蓄積されてしまうもの。

そして、自ら目を向け、耳を傾けることで蓄積していくものだ。

「ああ、なるほどね。確かにうちの病院で使ってるＣＴやＭＲＩは、ＮＡＳＣＩＴＡ製だね。聴診器は、先生も看護師さんも好きなメーカーを使っているようだけど。でも、そうか……。士郎くんは、そんなところにも、興味を持ったら調べるんだね。どうりで智也が自分事のように自慢するくらい、物知りなわけだ」

九は感心こそしていたが、特に何かを気にかける様子はなかった。

むしろ、これを聞いていた智也のほうがご機嫌だ。

充功も士郎が誉められたことだけはわかるので、鼻が高そうだ。

「今はネットで検索できることも多いですから。逆に、興味を覚えなかったら、何もしませんし、見聞きしたものも、それきりってことですけどね」

「――まあ、そこは大人も子供も一緒だと思うよ。あ、西塔先生だ」

他愛もない話をしているうちに、九は地下駐車場の一角に車を駐めた。

前もって、駐車場所を指定されていたのだろう。側にあるエレベーター前には、六十前後と思わしきロマンスグレーに、銀縁の眼鏡をかけた白衣姿の男性が立っている。

（あれ？　この人）

「いらっしゃい。よく来てくれたね、九くん」

士郎たちが車を降りると、西塔は歓迎を示すように、両手を広げて歩み寄ってきた。

第一印象はとても人当たりのよさそうな紳士だ。

だが、士郎はどこかで彼を見た覚えがあると感じた。

しかし、この直感は士郎にとって、一番厄介なパターンだ。

一体いつ、どこで彼を見かけたのか？

それは行きずりかもしれないし、テレビや雑誌、写真の中かもしれない。

無意識のうちに見聞きし、蓄積している記憶のほうだ。

いざ、思い出そうとしても、すぐには出てこない。

面と向かって話をしたことのない相手は、どういったシチュエーションで彼を目にしたのか、自身で記憶をたどるにしても検索ワードが乏しいのだ。

こうなると、頼りは彼の容姿と、これから交わす会話になる。

士郎は、注意深く耳を傾け、目を凝らした。

「ご無沙汰しております。息子の智也。そのお友達の兎田士郎くんと充功くんです」

いったん車の前で立ち止まると、九が西塔に子供たちを紹介した。

「こんにちは。九智也です」

「こんにちは。兎田士郎です」

「こんにちは。今日は、お世話になります。兎田充功です」

充功が年上らしく、丁寧な挨拶をする。

普段はオラオラ、イケイケで口調も決してよくはないが、完全に余所行きの顔になって猫を被ったときの充功は、どこか双葉に似ていた。

そもそも親子で瓜八つなのだから、誰が誰に似ていても不思議はないのだが――。

士郎からすると、児童会長をしていた双葉が、卒業式で答辞を読んでいたときが、今の充功のように〝隙のない感じ〟になっていた。

おそらく、中学・高校でも、ここぞというときの雰囲気は変わっていないだろう。

このあたりは、同じような状況に置かれても、颯太郎や寧のように、ほんわりした笑顔で「黙って聞きなさい」オーラを出すのとは、また違う。

当然、眼鏡クイで「黙れ」と圧をかける士郎とも——だ。

(へ〜)

士郎は思いがけない発見に、ちょっとだけ楽しくなってきた。

そして、一緒に見ていた智也はと言えば、

「カッコイイ」

隣に立つ士郎に聞こえるか聞こえないかくらいの声で呟く。

このまま行くと、憧れの人が充功にでもなりそうなリスペクトを感じる。

少なくとも、もらったパンツとTシャツは、完全に智也の勝負服になりそうだ。

そんなことを思っていると、

「こんにちは。ようこそ、NASCITAの研究所へ。私は脳科学研究室の室長、西塔です。さ、中を案内しましょう。どうぞこちらへ」

西塔が改めて士郎たちに挨拶をしてくれた。

その場からエレベーターへ誘導し、士郎たちは案内されるまま地下から地上階へ上がっていく。

こうして士郎たちは、西塔の案内で所内を見て回ることになった。

(いつ、どこで、シチュエーションは?)

一体彼をどこで見かけたのか?

移動中も士郎は、それを記憶の中から探し出すため、まずは自問自答を始めていた。

西塔の思惑はさておき、研究所内は士郎にとって、かなり興味と好奇心をそそる施設だった。

初めて見る装置や設備。またそれが何のためにあるのか、どうして作られたのか。

そして、その機械自体は、部品は、どこでどうやって作られるのかなどなど、士郎にとっては、知れば知るほど楽しさや喜びを与えてくれるものばかりで——。

これに関してはここへ来て良かった。招待してくれた教授や、実際に連れてきてくれた九に、士郎は素直に感謝することができた。

「脊椎動物の中枢神経系は、脳と脊髄と呼ばれるものから成り立っていてね。私の研究室では、主にこの〝脳〟の部分を重点的に研究しているんだよ。脳は大脳、間脳、中脳、小脳、延髄という五つの部分に分かれていて、全身から常に情報を受け取って、心身をコントロールする役割を担っているんだ。だからこそ、この働きを事細かに調べることで、不具合が起こったときに人体や心にどのような影響が出るか、またどうしたらそれを元に戻すことができるか、そのためにはどんな治療や薬が必要になるかが分かってくる。日々、そうした研究をしているんだ」

とは言え、ここは研究所だ。

それも民間企業所有のとなれば、いたるところに企業秘密があると思っていい。外部の人間が、ましてや子供が見て回れるところは、限られていて当然だ。

そこは充分承知している。

「中でも私は、PTSD――心的外傷後ストレス障害――と呼ばれる病気のように、体験が元となって起こる、過度なストレスから発症する病と脳の働きや、それに伴う記憶の作用についての研究をしているんだ。簡単に説明してしまうと、怖い思いをした記憶が心身を傷つけ、病気にしてしまうのなら、その記憶を何かしらの形で抹消してしまうことで、病気そのものを治せる。本人にとっては、最初からなかったことにできるのではないか？ では、どうしたら悪い記憶だけを安全に、また副作用や後遺症もなく、人工的に取り除くことができるのだろうか？　みたいな――ね。まだ、難しいかな？」

そんな中で教授は、士郎たちにもわかりやすい言葉を選び、研究内容を説明しつつ、自身の研究室へも案内してくれた。

こちらもまた、白を基調とした二間続きで、一室には彼と部下二名分のデスクが置かれており、いたるところに資料と思われる本や刷りだされた書類などが積まれている。

特に上座の一番大きなコの字型のデスクには、ノートパソコンが埋まりそうなほど、紙類が積み上げられていた。

中には、何かのパスワードだろうとわかるメモ書きまで一緒に置かれており、

（うわっ。不用心だな。さすがに現役で使っているものではないだろうけれど――）

他人事ながら、士郎は心配になった。

しかし、この様子には、デジャブがある。

極たまに颯太郎が、似たような状態に陥りながら、仕事をしているときがあるからだ。

なので、これは〝デスクワークあるある〟なのだろうと納得をした。

何せ、他人から見て理解不能な散らかり方をしたスペースでも、これを作り出した本人は、何がどこにあるのかがたいてい理解できている。

他人が好意で片付けようものなら、かえってそれがわからなくなってしまうのだ。

場合によっては、本人が気紛れに片付けても、それでなくす物が出てくるという。

こんな現象を引き起こす、まさに魔窟（まくつ）なのだ。

触らぬ神同様、触らぬ魔窟に祟（たた）りなしということだ。

「――あ、散らかっていて申し訳ない。これは悪い見本だと思って、真似しないで。私はどうも、昔から片付けるのが苦手でね。その点、九くんは几帳面で、部屋もパソコンの中身も、実にきちんと整理整頓をしていた。本当に、研究者としても、アシスタントとしても、貴重で素晴らしい社員だったんだよ」

　こちらの部屋では、もっぱら回ってくる症例データなどの解析処理などをしているのだろう。

　そして、続きのもう一室には観察用のマウスや実験に必要な機器が置かれているとあり、入り口から様子を見るだけに留める。

　しかし、これでも士郎からしたら、驚くほどのサービスだ。

　かつて九も勤めていた部屋なので、智也に父親がしていた仕事場を見せてあげたいという、教授からの気遣いもあったのかもしれない。

　ただし――、

「どうだい、智也くん？　隣のほうが綺麗だし、研究室って感じかな？」

「えっと。ドラマで見るような部屋です」

「充功くんは？」

「――続き部屋なのに、どうしてこんなことに……、みたいな？」

「それは、隣の部屋には、私用のデスクやスペースがないからね」

（そんな、身も蓋もない）

二つの部屋の違いは、誰が聞かれてもとまどいしかないだろう。

これには九も苦笑する。

部屋にいたアシスタントたちに至っては、「ごめんね。夢を壊して」と言いたげに頭を下げてくる。

それこそ「せっかく職業見学に来たのに、ドラマチックではないリアルさを見せてしまって」とも言いたげだった。

しかし、来客があるのがわかっていても、あえていつも通りの部屋で迎える教授に、嫌な気持ちは起こらなかった。

むしろ、無駄な足掻きはしない、見栄も張らないというのが垣間見えて、智也と充功にとっては、心証がよかったようだ。

特に充功にとっては、緊張と同じほど抱いていただろう警戒心が多少は薄れたのか、すっかり懐いて話しかけてくる智也の相手をしながら、一緒に部屋の中を見回していた。

そんな二人には、若い男性アシスタントが、席を離れて対応をしてくれている。

ただ、こうして和やかに、それでいて、ちょっと脳科学うんちく語りが混じり始めた見学が進む間も、士郎は教授や九の話を聞きながら自身の記憶を辿っていた。

（いや、まてよ。以前見かけた記憶があるのはひとまず置いといて。少なくとも西塔教授は、九さんから僕のことを聞かされていた。それこそこの子は研究対象になる、そう思えるくらいには、前もって僕の情報を得ていたはずだ）

そうして、ふと気がついた。

（……とすれば、僕が見かけていたのは偶然ではなく、必然だった。実は、彼の方から僕の様子を窺いに来ていたところを、そうとは知らずに、僕が目にしていた可能性のほうが高い。そう考えたら記憶の範囲は大分絞られる。少なくとも僕が病院でＣＴを取った日から昨日までだ。まずは、この間の記憶をさかのぼって……）

すると、急に背後でバサバサバサ――と音がした。

「!?」

反射的に振り向くと、床に大小の紙が舞っている。

「ごめんなさい！　俺の腕がぶつかったのかも」

「いや、俺かもしれない。すぐに片付けます！」

「すみません。私も注意が足りなくて」

どうやら智也か充功が、教授のデスクに積まれていた書類を崩したようだ。

相手をしてくれていたアシスタントも、慌てて足下に散らかる書類を片付け始める。

「ああ、いつものことだから大丈夫だよ」

嘘でも世辞でもないのだろう。教授は「気にしなくていいよ」と笑っている。

そんな中で、最初の挨拶以降は、黙々と仕事をしていた女性アシスタントが、スッと席を立った。

「先生。お話中のところすみません。東都医大の黒河先生から、至急〝旅行被験者の安静時fMRIデータ〟を送ってほしいと連絡が来たのですが、専用ファイルへアクセスができなくて」

「ああ、すまない。パスワードか。それならこれで」

西塔は自身のデスクに積み上げられていた用紙の中から、一番上にあったものを手渡した。

これを見て、九が懐かしそうに笑う。

「先生。安全のためとはいえ、まだそのやり方をしていたんですか？　クラウドから主なファイルまで、毎日、何カ所ものデジタルロックの暗証番号を変更するのって、大変じゃないですか？」

どうやら内部からのデータ流出、外部からのハッキングを防ぐために、何重にもデジタルロックがかけられているようだ。

それも、毎日パスワードが変更されている。

しかし、これを聞いた士郎は、

（それでパスワードを控えたメモが、あんなに無造作に置かれていたのか）

なるほどな――と、納得をした。

結局いつのものかわからないなら、どこに置かれていても問題はない。

むしろ、部屋まで盗みに入ろうなどという輩(やから)相手には、無防備に置かれたいくつものパスワードのほうが、混乱を招くのにいいのかもしれない。

「そうでもないよ。今は系列のセキュリティ会社が作ってくれたパスワードの管理システムがある。なので、毎日変えるのは、そのソフトのログインパスワード一つだけで済む」

「あ、それでしたら楽ですね」

「本当にな」

しかし、九と西塔が談笑する中、用紙を受け取った女性アシスタントはパソコンを前に首を傾げている。

「先生。これは、最新のパスワードではないようですが」

「――ん？」

「ですから、今日の更新分ではないので、正しいメモをいただければ――と」

「いや、今日のメモはそれだ。いつも一番上に置いているから――、あ。まさか」

答えていた西塔が、一瞬で顔色をなくし、デスクの片側を見る。

「え？　こっちの山だったんですか？」

一度は床に散乱した紙の束は、きれいにまとめられてデスクへ戻されていた。

しかし、この状態では、どれが一番上に置かれていたものなのかはわからない。

(もしかして、0d7jv2U3x3U2eb5P?)

士郎は先ほど目にしたパスワードを頭に浮かべた。

一番上にあったものが、今日のパスワードならば、すでに記憶している。

だが、英数字の大文字小文字が混ざった十六桁だ。なんとなく目にして覚えるようなものではない。

ましてや、これは西塔が士郎の能力を見たくて、仕組んだ可能性もゼロではないのだ。

うかつに「それなら覚えてますよ」と、言い出すわけにもいかない。

「――あ、確かにそれっぽい走り書きが何十枚も紛れてます。けど、先生。これなら、頭から二、三桁言っていただければ、見つけ出せるかと……」

士郎が目にしたパスワードを思い浮かべる傍ら、男性アシスタントは、まとめた用紙の中からパスワードと思われるものを選別していた。

確かに何桁であろうが、英文字入りで複雑に作られている分、最初の二、三文字が合えば、重複しない限り、控えの中から特定ができる。

しかし、西塔の表情は優れないままだ。

「――それが、パスワード自体もソフトが自動生成してくれるから、私はそれを毎朝メモするだけなので……、すまない。流れ作業になってしまっていて、思い出せない」

「え！　ということは、代表のロックが解除できなかったら、全部の暗証番号がわからないってことですか？　合言葉設定もないし、三度間違えたら、担当会社に再発行してもらうことになるし、これを順番に打ち込んでいくわけにもいかないですよね？」

もう一人の男性アシスタントの顔も引き攣ってくる。

手には候補となるパスワードが握られているが、パッと見ただけでも二十枚以上はある。

それこそ残りの入力チャンスで運良くヒットするにしても、正解する可能性は五％もない。

「再発行依頼になったら、受け取りを明確にするために、郵送ですよ。早くても明日になってしまうのでは、至急の対応そのものができなくなってしまいます。多分、これって治療方針を決めるのに、検討材料としてほしいってことだと思うので」

（――え!?　治療方針の検討材料？）

何やら雲行きが怪しくなってきた。

西塔やアシスタントたちの視線が、拾い集められた用紙の束に集中すればするほど九や智也、充功の顔色が悪くなる。

「あの――、その用紙を僕に見せてくれませんか」

「士郎くん？」

「すみません。僕、さっき〝こんなところにパスワードっぽいものがあるけど、いいのかな〟って思って見た気がして。なんとなくだったので、暗記はできていないんですけど、見ればわかるかもしれないので」

　さすがに士郎も黙ってはいられなかった。

　これが自分を試すための茶番だとは思えないし、仮にそうなら至急データを求めるような医師や患者もいないということだ。

　それならそれでいいと思える。

　だが、優先すべきは、資料を待っている医師だ。もし患者がいるなら、知らん顔はできない。それは、西塔だって同じだろうと思えば、今はパスワード探しを最優先にするしかない。

「頼む、士郎！」

「ごめん！　悪い‼」

　智也と充功が縋るように見つめてくる中、士郎はアシスタントの男性からパスワードの書かれた用紙の束をもらうと、ざっと目を通す。

（これで、この中になかったら、最悪なんだけど――。ってか、ないじゃないか！）

　しかし、渡された用紙の中には、士郎が見たメモがない。

　それがわかったと同時に、士郎は視線を床へ落とし、なおかつ自身も両手両膝を付いて見回した。

「士郎くん!?」

「用紙――。どこかに、拾いそびれているのがあると思います」

「なんだって!?」

考えるまでもなく、うっかり用紙をばらまいたのは、智也か充功だ。

場合によっては、アシスタントかもしれないが、いずれにしても西塔がまいたわけではないので、わざと本物のメモをどこかへやったということはない。

一番上に載せられていた分、弾みで机の下に入り込むか何かしたかもしれないと思ったのだ。

（これで見つからなかったら思い出したふりか？　さすがに無理があるけど……あった！）

士郎は一枚の用紙が続き部屋への扉の下、隙間に半分入っているのを見つけ出した。

さすがにこれ以上の時間稼ぎをするつもりはないので、どうかこれであってほしいと願いながら、用紙を手に取る。

（これだ！　0d7jv2U3x3U2eb5P）

士郎は間違いなく、先ほど目にした用紙――パスワードだと確信し、それを女性アシスタントへ差し出した。

「これです」

「本当？　これが違ってしまうと、残りワンチャンってことに、なってしまうんだけど」

「先生が一番上に置いた用紙だというなら、間違いないです。パスワードの中にウサギがいるのは、これしかないので」

「ウサギ?」

「これ、ここ——U3x3U——です。桁の真ん中が、なんとなくウサギの顔っぽく見えませんか?」

そうして士郎は、ウサギの絵文字に例えた箇所を指差した。

士郎自身は見たままを記憶しているだけだが、こうしてわかりやすい目印を言い訳にする方が、なんとなく覚えていたことにするには、説得力があると思ったのだ。

「そう言われると。先生。このウサギ、どうですか? 書いたような気はしますか?」

しかも、一度「ウサギ」だと言われて納得をすると、ここからはもう数文字の並びがウサギの顔にしか見えなくなってくる。

そしてそれを、今度は女性が断言するものだから、西塔や九たちも、パスワードの中にウサギの顔が浮かび上がって見えてくる。

「あ、これかもしれない。特に意識はしていなかったが、そうだ。多分、これだ」

「よかった!」

西塔が力強く頷いたところで、女性アシスタントはすぐに自身のパソコンへ向かった。

そして、先ほど弾かれてしまったページ画面にパスワードを入力すると、今度は目的のファイルへアクセスするための入力ページが開かれる。

だが、ここに関しては、室の者なら全員が暗記している共有パスワードだ。

女性アシスタントはそれを打ち込んで、目的の資料ファイルへ辿り着いた。

「――合ってました。ロックが解除されました。すぐにデータを纏めて送信します。ありがとう、君！」

士郎が「どういたしまして」と頷くと、ここでようやく智也や充功、男性アシスタントも胸を撫で下ろす。

そして、男性アシスタントは女性アシスタントの手元から用紙を取ると、改めてこれを九や西塔へ差し出した。

「確かにウサギの顔みたいですね」

「本当に。そう言われると、垂れ耳のウサギにしか見えないね。先生のくせ字も手伝っているんだろうが――。じっくりではなく、パッと見たからこそ脳がそういう認識をしたんだろう。ですよね、西塔先生」

「うむ」

西塔も、改めて差し出された用紙を受け取り、じっくり眺める。

（――あ、そうか。あのときだ）

そして、士郎のほうへ視線を向けると、そこから先はしばらく「素晴らしいね」を連呼した。

側で見ていた充功が不気味がるほど、愛想よく相槌を打つ士郎を褒めちぎった。

＊＊＊

研究所から帰宅したのは、十八時頃だった。

パスワードのウサギの話から、明らかに目つきを変えた士郎に対し、充功は改めて「どういうことだ？」「何がわかった？」「やっぱりあれって、わざとか？」「仕掛けられたのか？」などと聞いてきた。

「必然と偶然が混ざり合った感じなのかな？　どこまでが仕掛けで、どこまでが偶然だったのかはわからない」

士郎は、玄関からそのまま洗面兼脱衣所へ入ると、手洗いをしながら感じたままを説明する。

「ただ、一つ言えることは。もしもわざとピンチな場面を作って、僕の記憶力を測ったんなら、ダミーパスワードの作り方を失敗したね。僕に言い訳を用意するような配列にしたのは、適当に作った結果だろうし。ただ、ウサギの言い訳まで予測して作った配列だったら、僕のほうが相手の掌の上で転がされたことになる。けど、そういう表情はしていなかったし。むしろ、あそこで僕が機転を利かせたことが嬉しそうだったから、結果としては満足していると思うよ」

「そうか。――って！　相手を満足させてどうするよ！　余計に変な執着をされかねないじゃないか。そういう物騒な縁を見極め、ぶった切るために、わざわざ出向いたんじゃないのかよ」

充功は納得しなかった。

やはり、西塔は怪しい。彼の人柄はさておき、士郎とその記憶力を研究素材としてしか見ていない気がしてならない。

（いや、あそこでパスワードをわからなくしたのは、充功たちじゃないか。あれが西塔先生の仕掛けじゃなかったら、僕が用紙を見落としていたら、至急の対応ができないどころか、向こうは一日仕事にならなかったのに。自分のミスのことは棚に上げて――）

士郎は喉元までできた言葉をグッと堪える。

いずれにしても、西塔が怪しいのは士郎もわかっている。

ただ、これから士郎を観察することで、自身の研究に役立てたい。大いに利用したいと考えたところで、いきなり何かをしてくることはないだろうと考えていた。

そこは長年研究職に就いている者だ。士郎たちには想像も付かないほどの根気強さが身についているだろうし、だからこそ絡んでくるとしたら短期戦ではないだろう。

今日にしても、様子を見るに留めていたのは、まずはお互いに信頼を築くこと。

そして、九を通さずに連絡をしあえる関係作りを優先したからだろうと、士郎は想像していた。

士郎からすれば、総じて「面倒くさい相手」であることに、変わりがないが――。

「それはそうだけど――」

するとと、ここで武蔵たちが待ちかねたように脱衣所まで入ってきた。

「しろちゃん！　聞いて聞いて!!　ドラコンソードの映画がね！」

「士郎くん！　僕、フードコートで、ちゃんとお野菜も食べたんだよ！　誉めて誉めて」

「しっちゃ～っ。なっちゃもよ～」

よほど日中のお出かけが楽しかったのか、先を争って報告をしてくる。

「バウンバウン！」

（童よ～。聞いとくれ～）

しかも、エリザベスとその背中に括られたクマまでもがやって来て、あれからカラスや茶トラたちが遊びに来て大賑わいで、裏山の野良たちと一緒に、ちょっとしたパーティー状態だったことを話し始めた。こうなるとさすがに士郎でもお手上げだ。

「ちょっ！　お前ら。士郎はまだ、俺と話をしてるんだぞ」

「それはもう、あとでいいでしょう！　あ、みっちゃんも話聞きたい？　今日の映画はね！」

「いや、そうじゃねぇし」

「みっちゃんも見て！　映画館でもらった、ドラゴンソードのカード！　みっちゃんの好きなムニムニだよ。これ、浮き輪してるの。リゾートムニムニって言うんだよ、可愛いでしょう。お土産にあげるね！」

「だから、いつから俺は、ムニムニ好きなんだよ～。イモムシモンスターに浮き輪って、相変わらず意味わからねぇし」

　こうなっては、充功の話は二の次だ。

　自分も士郎と一緒に、聞き役に回るしかなかった。


　その日の夜のことだった。

（――さて、どうしようかな。僕みたいな子供相手に、しっかり名刺を渡してきたし。施設に入る段階で、義務として住所氏名なんかの連絡先も記帳させられている。きっと、今後は何食わぬ顔をして、交流を仕掛けてくるよね。かといって、九さんの手前、あからさまに邪険にもできないし――。ん？　遼くん）

　士郎は食後にリビングでメールチェックをしていると、何時ものように遼からも仔猫シロウの成長記録画像が届いた。

しかし、今夜は「至急、連絡を寄こせ」のメッセージ付きだ。

士郎は、樹季や武蔵、七生がリビングソファでうとうとしているのを確認すると、

（わかった。ちょっと待ってて）

返信をしてから、メールソフトだけでなく、パソコンを閉じた。

「ごめん。友達から相談ごとがあるみたいだから、上でスカイプしてくる」

そうしてダイニングで寛ぐ寧たちに声をかける。

「了解。そしたら、樹季たちが起きても、引き止めておくね」

「ありがとう。お願いします」

寧が完璧なフォローを申し出てくれる。

士郎は、安心して二階へ移動し、子供部屋に置かれた自分のデスクに着いた。

そして、専用のノートパソコンを開くと、さっそく獠にスカイプで連絡を入れる。

「こんばんは。何？　どうしたの？」

〝だから、いい加減にスマホを持てって言っているだろう。なんなら、俺がもう一台契約して渡してもいいし。本当、すぐにでも話がしたいときに捕まらないって、今どきどれだけストレスがかかると思ってるんだよ〟

するとと、獠が待ってましたとばかりに愚痴ってきた。

画面横にはシロウがじゃれている姿まで映っており、士郎は思わず吹き出しそうになる。

勝手気ままに尻尾をパタパタしている姿は、繚の剣幕に反して和み(なご)しかない。

「それなら、先に要件から話しなよ。愚痴から入るんだったら、そんなに急用でもなかったってことでしょう？」

〝揚げ足を取るな！　こっちは一日ドキドキハラハラしてたのに〟

「だから、何に？」

すると、繚は日中連絡をしても通じなかった苛立ちと、ようやく連絡がついた安堵を混ぜてぶつけてきた。

だが、最初に言いたいことを言うと、そこから先は急にしおらしい態度になる。

それどころか、画面越しに頭を下げてきて――。

〝申し訳ない。俺が謝るのも変だってわかってるんだけど。実は、ちょっと前に栄志義塾のマザーコンピュータから、士郎のデータを探られたんだ。追跡するも、まだ主犯がわからなくて〟

そう説明してくれた上で、

〝あと、今更の話だけど、どうして怪我の話をしたときに、頭のＣＴまで撮ったことを言わなかったんだ。それも何者かによって、病院からデータが複製されて盗まれてるじゃないか。撮った直後に聞いていれば、病院関係者にもデータ管理にはくれぐれも注意するように、根回しができたのに〟

なぜか責めてきた。

怒ったり、謝ったり、忙しいものだ。

ただ、ここで繚がぶちまけてきたことで、士郎の中では今日までに気にしていた点と点、見聞きしていた場面場面がつながり、明確な一本の線となった。

（病院からデータが？　ああ、なるほどね。結局今回のことは、あそこから始まっているのか――）

それは最初に、九が病院の外で西塔へ連絡をしていたところ。

その後、西塔から届いていたメールを読んで、智也が父親を誤解しぶち切れたところ。

誤解が解けたのちに、士郎が西塔の姿を目にしたところ。

そう、あの直感は、町内祭で行われた記憶ゲームで、舞台に上がったときのことを指していた。

そもそも見聞きしたものを映像として記憶してしまう士郎は、ゲームで覚えるのも、手元のスケッチブックに答えを書き出すのも早かった。

特に、数字を書き出して余った時間は、壇上から会場へ視線を向けていた。

手を振って応援してくる七生たちに応える余裕さえあり、西塔はそのときに向けた視界の中にいたのだ。

それも、丁度知り合いから封書のようなものを渡されていたところで、その姿が日中にアシスタントからパスワード用紙を受け取っている姿にピタリと重なった。

また、祭りで彼に封書を渡していたのは、九の同僚――埜田だ。

〝ん？　どうかしたんですか、埜田さん〟

〝あ！　九さん。いいところに！　実は――〟

昨日の院内見学のさい、士郎は放射線科に置かれているパソコントラブルで、データが飛んだか何かしたのだろうと思っていた。

慌てる様子と聞こえてきた単語のいくつかから、そうした想定をしたのだ。

ただ、ここで繚の話を合わせると、あれはデータ流出が発覚して騒ぎになっていたのだろう。

おそらく埜田は、目的を誤魔化すために、士郎以外のデータも複製して持ち出した。

場合によっては、士郎の分だけなら気付かれるまでにもっと時間がかかっただろうに、用心深さが発覚を早めたのかもしれない。

とはいえ、西塔と一緒にいるところを見ていなければ、士郎も彼が犯人だとは思わなかった。九や同僚が知ったら驚く以上に落胆しそうだ。

そして、あとは記憶ゲームが終わってから。

士郎が一輝たちの愚痴を聞き終えたあとに見かけた、繚の通話姿だ。

〝マザーコンピュータから、士郎のデータが探られた形跡を見つけたって、どういうことですか？〟

あの時点で、すでに西塔は九から士郎のことを聞いていた。

九は智也や子供たちを通して、士郎が栄志義塾の全国テストで一位になっていることから、ドラゴンソードのルールや、モンスター五百体を一晩で覚えてしまったことなども聞いていたので、このあたりも漏れなく西塔に話題として振っていただろう。

そうなれば、士郎に関する過去データがどこにあるのかは、自ずとわかる。

病院からCT画像を盗ませるだけの伝手があるなら、栄志義塾にもあって不思議はない。

仮に、これが繚の言う「病院関係者」と「埜田」が同一人物ならば、栄志義塾のマザーコンピュータに侵入し、士郎のデータを探ったのも埜田か、もしくは西塔から依頼を受けた栄志義塾の関係者だろう。

いずれにしても、繚が「探られた」と表現しているあたりで、士郎のデータが閲覧された形跡はあっても、CTデータのような形で盗まれたわけでは無さそうだったが――。

〈うわ～。それにしても、これが繚くんご自慢の栄志義塾繋がりか。ようは、塾なり特待出身者をたどっていくと、たいていのところに伝手が持てる。でもって、僕がかかった病院にも、塾出身者はいて。そんな変なお願いでも、気持ちよく受けて、役割を果たしてくれるって。怖っ！　各駅レベルで全国の隅々まで塾生と繋がってるってことじゃないか。

それも、繚くんが声をかけられるってことは、塾出身者の中でも特待生だったか、上位成績者だったOBとかだろうし）

点と点が線にはなったものの、士郎はその線上に繚がしれっとした顔で立っている事実に、苦笑するしかなかった。

彼自身は、士郎が自身の能力に好意的ではないことを知っているので、西塔のような人物が行動を起こせば、こうして自ら動いてくれる。

幾度か名前の出てきた「乱（らん）」という高校生も、それは同じだ。

どうしてそんなことをしてくれるのかはわからないが、この辺りは繚と士郎が交流をもったからかもしれないし。乱自身が、実は一番士郎の超記憶力に興味があるから、他には手を出させないように仕向けているのかもしれない。

その辺りは、いずれ繚を通して探ってみようと思うが――。

ただ、乱に対しては無関心に徹するほうが、士郎は利口な気がした。

これもまた勘としか言い様がないが、現時点ではそう思えたのだ。

〝とにかく首謀者を見つけ次第、そいつのことはどうにかするし、盗られたCTなんかも永久抹消するから。それまで士郎は家に引きこもって外へ出るな！　相手は明らかに、お前の能力目当てだ。ただの賢い小学四年生狙いじゃない。超記憶力に薄々勘づいていて、それを何かしらに利用するために、お前を付け狙っているんだと思うから〟

──と、ここで姿勢を正した繚が、意を決したように言ってきた。

士郎が浮かべた苦笑を、いったいどんな風に解釈したのか、妙にやる気満々だ。

これでは繚のほうが心配だ。やる気をどこへ向けるにしても、ハッキングで捕まりでもしたら洒落にならない。

「──大丈夫だよ、そこまでしなくても。むしろ、放っておいても」

士郎は、繚の気持ちに感謝はしたが、行動自体は必要ないと釘を刺した。

〝何が大丈夫なんだよ！　ここへ来て、日頃の警戒心をどこへやった。栄志義塾から成績データを探られた上に、頭のCTまでコピられてるんだぞ！　相手は何かの研究機関かもしれないのに──。下手をしたら、とっ捕まって、研究資料にされかねないのに！〟

しかし、こんな士郎の態度が気に入らないのか、繚はますます感情を荒立てる。

画面内に姿を覗かせていたシロウまで、驚いて逃げていったほどだ。

だが、ここで士郎はあえてニコリと笑って見せる。

「うん。わかってる。もろもろの主犯は智也くんのお父さんが、昔お世話になったNASCITAの研究所──脳科学研究室の西塔先生だろうね。表向きは、ストレスや記憶が心身に及ぼす健康被害に関しての研究をしているみたいだけど。実際はもっと別の角度から脳や記憶について知りたいんだと思う。それこそ僕の頭を研究材料にして」

さらっと西塔の存在も明かした。

これには繚も「え!?」と漏らして、唖然としている。

しかし、それも一瞬のことだ。

〝ばっ、バカ言えよ！　そんな相手に、何を暢気に構えてるんだ。ＮＡＳＣＩＴＡの研究所ってことは、ガチもんの研究者じゃないか！　同じグループには、東都大学医学部附属病院なんてものがあるんだぞ！　それこそ、目の前に世界で二十一症例目になるかもしれないハイパーサイメシアがいるってなったら、論文のためには頭割って中身を見かねない危ない学者が何人いるかもわからないのに。ってか、ＣＴはすでに、そいつが持ってるのかよ!?　本当に、複製が一つのうちに抹消しなかったら、どうなるか――〟

繚は顔色を変えると、すぐにでもＣＴのデータ消去に動こうとした。

しかし、ここで士郎が「駄目だよ、繚くん」とはっきり口にする。

〝だから、駄目とか言ってる場合じゃ……っ!?〟

そしてツイと眼鏡のブリッジを弄りながら、真顔で繚を威圧した。

「盗られたものを消したら、窃盗の証拠まで消すことになる。しかも、データを持ち出された直接の被害者は病院だ。そして、勝手にマザーコンピュータに侵入されたのは栄志義塾なのに、どうして繚くんが違法なことをする必要があるの？　加害者は被害者から制裁をさせたらいいじゃない。データを消すのは、それ以外の証拠を得てからでも、遅くないでしょう」

〝――あ！　そうか〟

ここで繚も、士郎の思惑を理解したようだ。

士郎がフッと笑う。

「そういうことだよ。状況を理解したら、あとは繚くんの後ろにいるんだろう乱さんとかって人に、上へ言ってもらったらいいんじゃない？　病院にしても、栄志義塾にしても、これを警察沙汰にまでするとは思えない。でも、だからといって、犯人の目処が付いているのに、無罪放免で野放しにするほどお人好しではないでしょう？」

パソコンの画面からシロウが消えた部分には、繚以外の姿が映っていた。

デスクに向かう繚の背後に立っているからか、士郎からは腰の辺りがチラリと見えるだけだ。

なので、それが本当に乱かどうかはわからない。

ただ、士郎がそう思っただけだ。

「それに、NASCITAにしたって、個人的な研究目的のために窃盗や教唆とか――。そんな犯罪者のために、社名に傷を付けたいなんて思わないだろうし。このあたりは、僕のデータに関わった人間をはっきりさせて、裏を取って。それからNASCITAのほうに交渉するほうが、お互いに都合がいいと思うよ。どうせ、NASCITAにも栄志義塾出身の幹部とかが、いるんだろうからさ」

〝確かに――〟

とはいえ、ここまで士郎にアドバイスをされると、寮は肩を落とす一方だ。

それこそ、一瞬とは言え、暴走した。

言われるまでもなく、どこにCTのデータがあるにしても、ハッキングは犯罪だ。

西塔たちと同じことをして、どうするんだ――と気付いて、反省したのだろう。

士郎からすれば、本当にやれやれだ。

「あと、これが一番肝心なことだけど。寮くん忘れてない？　栄志義塾のマザーコンピュータにある僕のデータは、僕自身がテスト結果を誤魔化したような記録しか残ってないよ。それに、すごいすごいって言われている記憶力にしたって、実際におかしいレベルですごいところなんて、他人に見せたことがないし。テストみたいなデータに残しているものは全部、世に言う神童レベルだから。ああ、このまま順調に育ったら、東大狙えるかもね――ってくらいの」

そこへ、追い打ちをかけるようだったが、そもそも覗かれたデータが正しくない。

士郎自身も、日頃から意識して町内で騒がれる程度の神童に徹していることを打ち明けると、返す言葉もないのが伝わってくる。

ただ、どうしてここまで士郎が言ったかといえば、

「だから、心配してもらえるのはすごく嬉しいけど、大丈夫だからね」

本当の意味での「大丈夫」を伝え、理解をしてほしかったから。

潦自身が士郎のために罪を犯してしまったら、そのほうが辛いからだ。

〝あ、ああ〟

さすがに潦も理解したのか、ペコリと頭を下げた。

すると、その姿を見てか、潦の背後から「ククッ」と笑い声がした。

〝さすがだね。自分より何枚も上手な友人を捕まえるなんて、これも潦の実力だね〟

〝乱さん〟

（――――！）

画面にこそ映らないが、声ははっきりと聞こえてきた。

潦の背後に立っていたのは、やはり乱だ。

〝でも、今回の話は、彼の言うとおりだと思うよ。その西塔先生は、多分彼の存在を知って、研究者魂に火を付けられて、好奇心をそそられて嬉しくなったんだろうけど。その気持ちのまま、全力で資料集めに奔走してしまったがために、こんな早い段階で犯罪となる証拠を残してしまった〟

その声色はどこか甘めだが、余裕のある物言いには、利発さを感じる。

栄志義塾特待生の中でもトップに君臨する天才児にして、学長たちにまで意見することが許された、士郎には想像がつかない頭脳の持ち主でもある。

〝けど、その先生が犯した一番のミスは、兎田士郎を甘く見たことだ。彼の記憶力にばかり目を奪われて、それ以上に優れているだろう賢さを、見落としたってことだからね〟

乱は、最初からスカイプでのやり取りを聞いていたのだろうが、今回の件では、全面的に士郎の意見に同意していた。

そして、その後は士郎のアドバイス通りに、西塔のことは大人たちに任せて、解決することを約束してくれた。

それが西塔にとって、いいのか悪いのかは、わからない。

乱はあくまでも現実に起こったことに基づき、西塔に罪を問うだけだ。

それが誰の、なんのデータなのかは関係なく。

士郎には、まったく関わりのないところで――。

8

翌日士郎は、午前中から佐藤一叶家の野菜ハウスにいた。

（それにしても、濃い一週間になったな）

一叶の両親に指導を受けて、キャベツとカブを掛け合わせたような野菜コールラビや、小さいスイカみたいな見た目のメロスリスカブラを中心に、カラフルな人参(にんじん)やインゲンなどを収穫していく。

「可愛い！　綺麗！」

「めちゃ映(ば)えそう!!」

「うん！　これを入れるだけで、フレンチとかイタリアンなレストランのサラダに見えそう！」

一叶の家で作っているものは、どれもこれも彩りがよく、また国内では量産されていない野菜が多かった。

それもあり、浜田や朝田、水嶋は以前にも増して大はしゃぎだ。

ただ、柴田だけは一貫していた。

「ここは、サツマイモは作っていないのね」

これを見ていた士郎も、まさか彼女のサツマイモ愛がここまで強かったとは思わず、本当に人は見かけによらないのだな——と、再認識をした。

だからといって、綺麗で可愛い野菜に関心が無いわけではない。

ここにサツマイモはないと納得したあとは、浜田たちと一緒になって「可愛い！」「美味しそう！」と、はしゃいでいる。

これには見てわかるほど、一叶がホッとしていた。

すると、一輝が「よかったじゃん」と言って、笑いかける。

どうも昨日のうちに、父親共々これまでの関係が修復されたようだ。

そのことは一叶の母親が「実はね」と、士郎にこっそり教えてくれた。

先日、士郎が一輝の母親に言った「好敵手」「考えよう」というのを、あれから母親同士でも話し合った。

そして、せっかくだから夫や息子に伝えてみようと結託したのだ。

〝そう言えば——。兄弟がそれぞれの方法で鎬を削りながら、お互いに実りの質が増していくなんて、素晴らしいことですねって、士郎くんが目を輝かせていたわよ。一番近くに、切磋琢磨できる好敵手がいるからこそ、今に繋がっている。努力し続けてこられたんでししい。

ようねって〃

話を少し盛ったことは謝られたが、結果として一輝と一叶には、ストレートに響いたら

また、いがみ合いに年季の入った父親たちにも刺さる物があったようで――。

〝そ、そうか？　俺はただ、専業の意地を見せたかったんだ。あいつにだけは、負けたく

なかっただけなんだが――。士郎くんからは、そんなふうに見えていたのか。まあ、兄弟

仲がいい士郎くんからしたら、どんなにいがみ合っても、内心ではそういうものだろうっ

て、自然に考えるんだろうが……〃

そして何を思ったのか、一輝の父親は、幼い頃のアルバムを引っ張り出してきたという。

〝そういや俺たちにも、士郎くんたちみたいに、どこへ行くにも手を繋いでいたときがあ

ったな。夏休みのたびに、あいつのヘチマが学校で一番大きく育つように、あれこれアド

バイスもして。いつも、兄ちゃんありがとう――って〃

急に思い出に耽(ふけ)ったというのだ。

ただ、これに一輝の母親は、

（誰と誰が士郎くんたちみたいなのよ！　そこはまったく違うでしょう！　妄想でも遠慮

しなさいよ、キラキラのキの字もないんだから！）

と、内心引いていたようだが――。

ここはグッと堪えて、突っ込むのは止めたそうだ。

そして、一叶の父親はと言えば、

〝――士郎くんが、そんなことを。まあ、確かに兄貴がいなかったら、俺が長男だったら、こうはなっていなかったとは思うが。でも、どうなんだろうな？　兄貴は俺なんかを好敵手だなんて思ってくれるのかな？　家のことは全部自分に押しつけて、好き勝手に生きている目障りな奴としか、思ってないんじゃないか？〟

急に肩を落として、しょぼくれたらしい。

なぜなら、長子相続でやってきた佐藤家では、田畑は長男が引き継ぎ家業を守っていく。

そのため、弟妹に回ってくる遺産相続は、それ以外の資産で分配することになっていた。

これも先祖から受け継いだ田畑を維持し、縮小させないためだ。

ただ、この長子。生まれたときから〝ご長男様〟扱いはされるものの、先祖代々からの田畑を守り、維持していく以外にも、墓守から本家としての仕切りごとから、すべてを引き継ぐ役割があった。

これはこれで苦労があり、何より〝将来に選択の自由がない〟ことも、弟妹は言い聞かせられている。

それもあり、一叶の父親自身は、「この時代になってまで、これなのか」「かえって兄貴には面倒をかけるよな」「申し訳ないな」という気持ちを、少なからず持っていた。

幸運だったのは、一輝の父親自身が農家を継ぐことに抵抗がなかったことだ。幼い頃から跡継ぎとして大事にされていたことに気をよくしており、自分の人生に疑問を持たなかったようだ。

しかし、そんな兄にも思考の転機は訪れた。

本来ならすべての田畑を長男が継ぐはずが、そのうちの二割ほどを弟が継ぐことになったのは、父親が思いがけず早くに逝ってしまったこと。

当時、銀行からお金を借りなければ、相続ができない状態だったことから、一叶の父親は考え悩んだ末に、農地で譲り受けると決めたのだ。

そうして、自分なりに学んできたことを活かして、今の有機野菜作りに着手した。

ただ、国が定めた有機ＪＡＳマークを取得するには、田畑や種子、苗や肥培管理、また防除や収穫以降の工程管理などに、様々な基準が設けられている。

特に田畑は、二年から三年以上は化学的肥料や農薬を使用せずに作らなければならない。

彼が兼業を選んだのは、この田畑作りの期間に、自身の生計を立てるためだ。

今ではそれが、万が一に供えた家族の生計のためになっているが。

それでも創意工夫の甲斐あって、継いでから五年後には、都心の有機専門の高級スーパーやレストランなどの契約農場となり、八割方はこれらに出荷されていくようになった。

そして残りの二割は通販に出して、収穫量の少なさを質と単価の高さで補っている。

〝兄貴はきっと、俺が自分と同じ方法で、先祖代々からのやり方で、一緒に農家をやってくれるんだって思ったはずだ。けど、俺は別な道を選んだ。どんなにきついときでも、天災で大変だったときでも、自分で考えて選んだ道だから、納得して頑張れた〟

一叶の父親は、堰（せき）を切ったように、これまで胸に留めてきたことを妻に吐露（とろ）した。

〝でも、兄貴はそうじゃない。そうじゃなかったことに、気付かせたのは俺だから――。まあ、当たりが強くなっても、仕方がないよな。俺だって、そういう兄貴の八つ当たりに反抗したし、腹が立ったときには、慣行を馬鹿にするようなことも口にした。しかも、自分は自由に選択したのに、一叶には俺の跡継ぎになるんだからって決めつけて、勉強勉強って押しつけて……〟

妻は黙って聞いていた。

その間も、改めて知った夫の胸の内に対して、どう答えるべきなのか、そればかりを考えていた。

しかし、そのときだ。

〝聞いて、父さん！　今、一輝と電話したんだけどさ。将来、二人で組んで農家をやったら、日本一になれるんじゃないかって、話になったんだ！　だって有機と慣行、どっちのノウハウもあるんだよ。それに一輝が、俺のほうが頭がいいから、大学行って難しい勉強してくれたら、新しい品種とかも作れるよなって。その分俺は、今から畑の世話に力を入れて、いい土を作るからって。これ、成功したら、絶対士郎から絶賛されそうじゃない？〟

やはり、士郎が誉めてくれたと聞いたのが、相当嬉しかったのか、嬉々として報告をしてきた。

なので、妻はこれに便乗することにした。

〝あら、お父さんたちも負けてられないわね。こうなったら、兎田さんにすごいですねって言ってもらえるように、先に二人で新種の野菜を手がけたら？〟

さすがに、兎田さんに——は、冗談だった。

ただ、今だけは一叶の父親も、これに乗らない手はないと感じたのだろう。

〝そうだな。ちょっと、兄貴に話してみるか。その前に、一度は謝らないといけないし、家業と俺たちのために、いつもありがとう——って、感謝も伝えないといけないけど〟

そう言うと、すぐに自分も電話をするべく立ち上がった。

〝——そうね。それがいいわ〟

一叶の母はニコリと笑って、その後は自分も一輝の母親に「大成功！」のメールを送った。

すると、丁度一輝の母親からも同じように成功メールが届いたそうだが、最初の一行以外は、「今更夫がブラコンを発症した」「すでに一時間以上、弟との昔話を聞かされている。そろそろ辛い」とあり、これには一叶の母親も苦笑するしかなかった。

そう聞かされた士郎にしても、以下同文だ。

（一時間で辛いのか。寧兄さんなんて会社の飲み会で酔っ払うと、三時間は平気で双葉兄さんの話をしているらしいのに――）

それでもお互いのいいところを認め合い、また無いところを補い合おうと決めたからか、今日の一叶と一輝はどちらもいい笑顔を浮かべていた。

この様子を見ることができただけで、士郎も自然と笑顔になれた。

しかし、血相を変えた武蔵が「しろちゃん！」と叫んできたのは、このときで――。

「ん？　どうしたの、武蔵」

「うわ〜んっ！　どうしよう、しろちゃ〜ん！　お手伝いするのに、クマさんを下ろしたら、消えちゃったよぉぉぉっ」

「なっちゃ、クマたんよ〜っ」

「バウ〜ン」

「ごめんな……さいっ、士郎くんっ。クマさん……、木とか葉っぱがぐるぐるされてるのに、座らせといたの。ゴミだって、思わなくて――。それで、持って行かれちゃったんだと思う……っ。さっき、メリーさんの音楽が……聞こえてたから……っ」

すでに大泣きしている武蔵と七生をエリザベスが慰め、樹季がしゃくりながらも、思い当たる説明をしてくれた。

今日は燃やせるゴミの日であり、童謡「メリーさんの羊」は、この市の回収車が合図として流しているメロディなので、樹季の言うことにまず間違いはない。

士郎も先ほど耳にした。

「よりにもよって、クマさんがゴミ回収？」

士郎は回収車にゴミとともに呑まれ、また中でプレス状態になっているだろうクマを想像すると、氏神の悲鳴が聞こえた気がして、背筋に冷たいものが伝った。

完全にドラム洗濯機を超えた状況だ。

もちろん、いざとなれば氏神はクマから離脱できるだろうし、仮に焼却炉へ放り込まれたところで、どうにかなるとは思えない。

そこは神様だ。実際はわからないが、物理的には姿がないのだから、燃えようもない。

しかし、武蔵や樹季、七生からすれば、そもそもクマ本体に愛着があったから連れ回していたわけで——。

その上、氏神の念が聞こえていたとしたら、それはもう生きているクマ同然だ。

エリザベスが回収車で攫われたのと代わらない衝撃だろう。

「え？　クマさんって、武蔵くんが背負ってたやつだよね？」

騒ぎを聞きつけ、浜田や大地たちも集まってきた。

「うんっ」

「は!?　ゴミ回収されたのか!?」

「うんっ……。うわぁぁぁんっ」

「あーんっ」

　今日はハウス内の作業だったこともあり、ちょっと離れてランチの支度を手伝っていた充功や沢田たちも驚き、この場は一気に騒然となる。

「わかった！　すぐに焼却場に行こう。そうだ、広夢くん!!　先にお父さんに連絡してもらえる？　仕事中に本当に申し訳ないんだけど、どうかお願いします！」

　士郎はとにかく、間違えてクマの縫いぐるみが回収されてしまったこと。

　そして、それをこれから取りに行くので、どうか焼かないでほしいことを伝えるべく、広夢に父親への連絡を頼んだ。

「わ、わかった！」

　いきなりのことに広夢は驚いていたが、自分のスマートフォンを取り出すと、まずは父親の個人番号に電話をかけた。

　それを見ながら、充功も自分のスマートフォンを取りだし、焼却場の代表番号を検索している。

〝どうした？　広夢。何かあったのか〟

　すると、スリーコールを待たずに広夢の父親が出た。

「あ！　お父さん!!」

仕事中とわかる時間に、子供の番号から電話があれば、何事かと思うだろう。

着信と同時に、焦ったように聞いてきた。

「ごめんなさい。今、士郎くんに代わるから、協力して！」

〝――士郎くん？〟

「もしもし。お電話代わりました。兎田士郎です。お仕事中、すみません。実は――」

士郎は広夢からスマートフォンを借りると、そこから用件を簡潔に話した。

そして、広夢の父親に協力を得られることになると、通話を切る前にスマートフォンを戻す。

「ありがとう、お父さん」

〝用件はわかったから、慌てなくていい。士郎くんたちにも、気をつけて来るようにな〟

「はい！」

そうして広夢が話を終えると、今度は一叶の父親から声がかかった。

「士郎くん！　お父さんが来たよ！」

「ラッキー！」

思わず充功が声を漏らした。

「？」

十人乗りのワゴン車から下りてきた颯太郎は、丁度ランチ用バーベキューの差し入れを持ってきたところだった。

「ごめん、お父さん！　僕らを焼却場へ連れて行って!!」

「え!?」

説明もそこそこ、すぐに運転席へ戻ることになったが――。


士郎に充功、樹季に武蔵、七生にエリザベス。そして、広夢と一叶が代表してワゴンに乗り込むと、颯太郎は平和町にある焼却場へ車を走らせた。

そこでは市内中から回収車が集まり、次々と積んできたゴミが焼却炉へ続く外スペースへいったん下ろされる。

ここで職員たちにより、分別の確認がされて、燃やせるゴミだけがベルトコンベアで建物内の焼却炉へ流されていく仕組みだ。

「あ、お父さんがいる！」

「前に、粗大ゴミを持ち込んだときより、あきらかに職員さんが多いね。みんなで探してくれてるのかな？」

以前、来たときには、せいぜい二人か三人だった分別スペースに、今日は五、六人が集まり、作業をしている。

先に連絡をもらっていたので、確認作業に応援を頼んだのだろう。この場には、広夢の父親だけでなく、見るからに他部署だとわかるスーツ姿の職員たちもいた。

「クマ、発見しました〜」

すると、一人の若い職員が、見るも無惨な姿になっているクマを片手に声を上げた。

その瞬間、武蔵や樹季の顔はパッと明るくなり、七生も「やっちゃ〜っ」と、この場で万歳（ばんざい）ぴょんぴょんだ。

しかし、クマ自体からは、なんの念も届かない。

士郎は、すでに氏神は離脱したのかと考えたが、近くの電信柱には裏山のカラスが止まっている。それも、心配そうに「カー」と鳴いていた。

（中で失神してるとか、そういう感じなのかな？）

これればかりは、あとで聞いてみなければわからないが、氏神にはご愁傷様（しゅうしょうさま）としか言い様がない。

「すごいことになっているので、速攻で洗ってきまーす！」

「あ、ごめんね。お願いします。こっちもすごいことになってきたから」

「はーい。健闘を祈りまーす！」

それでも若い職員は、クマを持って、洗い場へ向かってくれた。

これを見た樹季たちが、「すみません！」「ありがとうございます」と叫びながら、颯太郎やエリザベスとともに彼の後を追いかける。

士郎は充功や広夢、一叶と一緒に残り、まずは鈴木やこの場にいる職員に感謝を伝えようと声をかけに行く。

「うわ～んっ！　俺のドラゴンソードコレクションがっっっ！」

だが、この場には誤って出してしまったものを、取り戻しに来た子供が他にもいたようだ。必死にゴミを漁る職員の前に立って、わんわん泣いている。

（うわっ。カードコレクションを捨てちゃったの!?　っていうか、ゴミに紛れちゃったか何かだろうけど――）

どういう形態でゴミに出してしまったのかはわからないが、探すのはクマより困難なのは見なくてもわかる。

しかも、相手は士郎と同い年ぐらいだが、号泣っぷりを見る限り、けっこうな枚数なのだろう。コレクションというくらいだから、激レアカードも含まれていそうだ。

「大丈夫だから、ちょっと待ってて。回収してきたものを、いきなり焼却炉に入れたりしないから。それに、大きいサイズのコレクションアルバムだったら、目立つだろうし――あ、これじゃない？」

そう言って、山のように積まれた袋から出したゴミの中から、Ａ４サイズのファイルを見つけ出したのはスーツの上着だけを脱いだ鈴木だった。

生ゴミと同梱(どうこん)されていなかったのが幸いしてか、大分捩(よじ)れはしているが、クマほどひどいことにはなっていない。

「――っ、それ!! ありがとう、おじさん!」

子供は嬉しそうに受け取った。すぐに胸へ抱え込む。

「もう、お母さんに黙って、塾をサボったりしたら駄目だよ。あとは、リサイクルゴミに出されたり、オークションで売られたりしなかっただけ、感謝しないとね。ここより探しづらいし、戻ってこないから」

二人のやり取りから、誤って出してしまったのではなく、母親の怒りを買ったことがわかる。

すでに探し始めたときに、子供のほうから経緯を説明していたのだろうが、鈴木は帰宅後のことまで考えたのか、母親のフォローまでしていた。

穏やかで気遣いもできる、とても優しそうな父親だ。

しかし、叱られた子供が「はい。ありがとうございます」と声上げたときだった。

「「宗我部!」」

広夢と一叶の声が、ものの見事に重なった。

呼ばれた宗我部は、大事そうにアルバムを抱えたまま振り返り、二人の姿を目にしたところで絶句する。

「え？　あいつが例の宗我部なの？」

「――みたいだね」

さんざん馬鹿にしただろう二人に、大泣きしているところを見られた挙げ句、塾をサボったことまで知られてしまった。

しかも、大事なファイルを衣類が汚れることも気にせずに捜し、見つけてくれたのは、悪口を言いまくって侮辱（ぶじょく）していた広夢の父親だったとわかる。

「……っ」

宗我部はその場にへたり込むと、今一度べソべソと泣き出した。

「ごめん……なさい」

しゃくり上げながら謝り続けると、最後は自分も私学の勉強について行けてなくて、塾に通わせられていた。しかし、思うように成績が伸びず。地元の小学校で楽しそうにしている広夢や一叶を見ていると、羨ましくて八つ当たりをしてしまったことを告白した。

「俺だって、士郎と同じ学校に行きたかったよ！　いじめのない、安心して通える希望ヶ丘小学校に行きたかった！」

しかも、最後の最後はこれだった。

すると、これには広夢や一叶の同情が一気に起こったようで、

「しょうがないな。でも、その気持ちはすっごくわかるからな――」

「うん。そしたらさ。とりあえず親に電話して、許可とって。このまま一緒に昼飯を食べに来いよ。これからうちでバーベキューだから。なんなら午後から職業体験ってことで、畑仕事やってけよ。他にも友達がいるから。みんな、いいやつだからさ。今日からだって、きっと友達になれるから」

「――うんっ‼」

士郎が出る間もなく、解決された。

(うんうん。みんな、ええ子たちじゃな～)

そして、若い職員に洗われて戻ってきたクマのほうからも、安堵したような念が飛んできた。

＊＊＊

その日の夜――。

(今週は、最初から最後まで慌ただしかったな――。って、まだお泊まりと、明日の早朝仕事の早起き体験が残ってるんだったっけ)

士郎は、一日の予定を無事に終えると、夕飯後のメールチェックをした。

（――あ、西塔先生。もう、御用になったんだ！）

寮からは、いつものように、子猫の成長記録画像が届いている。

そして、あれから西塔がどうなったのかという報告も書かれていた。

（やっぱり警察沙汰にはしなかったみたいだけど。ＮＡＳＣＩＴＡからは出されて、栄志義塾預かりって、どういう意味？　なんか、今後は飼い殺しみたいな、悪い想像しかできないんだけど……。まあ、大企業の偉い人たちが、相談し合って決めたことなんだろうから、僕が気にしてもしょうがない。気にしないに限る）

それ自体は、本当に結果のみだった。

だが、それ以外に少しだけ、西塔自身のことには触れられていた。

西塔は、良くも悪くも、生まれ持った才能を遺憾なく発揮するまま大人になった貪欲な秀才だった。

だが、幼少時から科学の道へ邁進するも、上には上がいる世界だ。

特に、大学まで進むと、何をするにしても今一つ抜けることができないまま、結果としては、民間企業研究所のポストドクター止まりとなった。

周りから見れば、それでも充分やりたいことがやれていただろう。

だが、本人から不平不満が消えることはなかった。

常に頭ひとつ、周りから抜けることだけを目指して、研究素材を探し続けていた。

そして、巡り会ったのが兎田士郎だ——と。

(——ようは、運の尽きってやつだな。って、なんだよこれ。繚くんってば)

ただ、繚が西塔のことに触れてきたのは、結局士郎をからかいたいだけだった。

それがわかると、士郎は「繚くんの運も尽きないようにね！」と打って、返信をした。

その後はメールソフトを閉じて、パソコンをオフにする。

(まあ、この手の〝自分で勝手に拗れた人間〟は、いつどこで現れるかわからないから、今後も気をつけろってことだろうけどさ)

そうして、デスクから立ち上がったところで、インターホンが鳴った。

「「はーい！」」

「あいちゃ～っ」

待ってましたとばかりに、樹季と武蔵、七生が玄関まで走って行く。

士郎も足早に追いかけると、そこには夕飯とお風呂を済ませた晴真と優音、大地と星夜、そして智也の五人がいる。

みんなお泊まりセットを持参で、まるで修学旅行にでも来たような顔で「こんばんは！」と挨拶をした。

そして、そんな彼らに「いらっしゃい」と声をかけるのは、士郎たちだけではない。

「さあさあ、早寝だよ。明日は三時起きで朝食作りをしてもらうからね！」

満面の笑みで、子供たちを八時から寝かせようとする、寧もだった。

コスミック文庫α

大家族四男 11
兎田士郎のわくわく職業体験

2023年3月1日　初版発行

【著者】　日向唯稀
【発行人】　相澤　晃
【発行】　株式会社コスミック出版
〒154-0002　東京都世田谷区下馬 6-15-4
【お問い合わせ】 ―営業部― TEL 03(5432)7084　FAX 03(5432)7088
―編集部― TEL 03(5432)7086　FAX 03(5432)7090
【ホームページ】 http://www.cosmicpub.com/
【振替口座】 00110-8-611382
【印刷／製本】 中央精版印刷株式会社

ISBN978-4-7747-6436-8 C0193

コスミック文庫α好評既刊

笹に願いを！
～子ぎつね稲荷と『たなばたキッチン』はじめました～

遠坂カナレ

七夕まつりで何十年も『枯れない笹』として元気な姿を見せてくれていた笹が枯れ始めた。キッチンカーを運営する歩が残念な気持ちで見つめていると、突然笹の中から子ぎつねが現れ、ぷくぷくほっぺの幼児に変身した。幼児がいうには笹は稲荷さまの住処で、七夕まつりの会場に飾られ、市民からの短冊の願いを叶えることによって枯れずにいたのだそうだ。それが二年連続の中止で枯れ始めてしまったらしい。子ぎつねは稲荷さまの眷属で、なんとかしようとして出てきたのだという。子ぎつねのコン太とともに、笹が枯れないよう奮闘を始めた歩だったが――!?

子ぎつねコン太がキッチンカーの新米店長と大活躍!!